苏宇霖 著

回乡的岁月

海峡出版发行集团 | 海峡文艺出版社

图书在版编目(CIP)数据

回乡的岁月/苏宇霖著. －福州:海峡文艺出版社,
2020.12(2024.3 重印)
ISBN 978-7-5550-2361-6

Ⅰ.①回… Ⅱ.①苏… Ⅲ.①散文－中国－当代
Ⅳ.①I267

中国版本图书馆 CIP 数据核字(2020)第 237244 号

回乡的岁月

苏宇霖　著

出 版 人　林　滨
责任编辑　林可莘
经　　销　福建新华发行(集团)有限责任公司
社　　址　福州市东水路 76 号 14 层
发 行 部　0591－87536797
印　　刷　三河市兴博印务有限公司
厂　　址　河北省廊坊市三河市杨庄镇大窝头村西
开　　本　700 毫米×889 毫米　1/16
字　　数　70 千字
印　　张　9
版　　次　2020 年 12 月第 1 版
印　　次　2024 年 3 月第 2 次印刷
书　　号　ISBN 978-7-5550-2361-6
定　　价　48.00 元

如发现印装质量问题,请寄承印厂调换

目 录

★

引　子

　　1979年5月12日，天刚蒙蒙亮，下着淅沥的小雨，黎明的乡村，在《东方红》的广播声中又开始了新的一天。这一天，我早早地从和奶奶一起睡的床上爬起来，打理行装，紧紧地包扎着一条四叔父在社教时盖过的棉被，还有在我五叔父修建鹰厦铁路时他自己做的一个小木箱里装上了几件衣服、学习用品和相关资料，匆匆地吃了妈妈早早起来做的饭菜后，由二弟帮着挑棉被和箱子，到湖头车站乘车前往安溪县城，再转车到永春大专班报到。车开动了，我注视着窗外，远远地望着那一片割过山茟草的山林，那一块在高高山峰下的山田，那一条曾经跳水抢王座的溪流，随着汽车的轰鸣声，高中毕业回乡那6年3个月的光景，一幕幕在眼前闪现着……

第一章　第一桶金

　　1973 年 2 月，我从湖头中学高中毕业回到村里。新年开学初（当时新学年改在春季）的一天，我们大队溪美小学的校长刘子坚突然通知我，要我到学校去一下，告诉我：我们大队按照公社通知，要开办扫盲班，想叫我来担任扫盲班的教员，从星期一到星期六，每个晚上为不能上日学的孩子上课，主要是教他们识字和学唱歌。又因为小学 5 个班级只有 6 个教师，任务很重，还要兼任日学 13 节功课，主要是二、三、四年级的音乐、体育课以及五年级的政治课。这集中在星期一、三、五这三天时间，其他时间在生产队或家里干活。报酬是公社拨给学校的每个月 10 元的扫盲经费。

　　我既高兴又担忧。高兴的是高中毕业回来就有事做，这在当时是极难得的；担忧的是，给夜校的学生上课还马马虎虎，可给日学四个年段的学生上课，我就没底了。一下子从一个学生变成站在学生面前的老师，实在是非常担心。刘子坚校长一下看出了我的心思，就鼓励我，不要怕，要认真地去学，大胆地去教，我们相信你会胜任的。事后我才知道，学校定人选之前，已经向中学了解了我的情况。我是1969年11月复课闹革命时到湖头中学读初一的，1970年春跳入读初二（当时初中高中各两年）。在初二、高一、高二这三年中，我们各科都非常幸运地碰上了高素质的老师：有福建师范大学讲师、数学老师王章聘，有厦门大学马列主义研究室助教、政治老师张文涛，有曾保送复旦大学新闻系、后在福建师大中文系毕业的语文老师潘保生，有后来调往福州三中的有名的化学老师徐芳芝，有厦门大学生物系的农基老师高世和，还有全市颇有名气的物理老师吴国锋。在这特殊的年代，这些老师跟我们结下了特别的感情，对我的学习

1973年2月高中毕业时的合影（我为前排左五）

3

我和数学老师王章聘合影

起到了极大的激发作用。高中毕业班时，我们的语文老师每两个星期布置写一篇作文，两个作文题任选一个，而我当时两个题目都写，不管分数高低，主要是让老师改一改，看看哪些写得好，哪些写得不够。这对我今后的写作是有帮助的。由于寒暑假、农忙假参加劳动，因此我结合亲身感受写了一篇1700多字的散文《我爱农村》，被潘老师作为晋江地区中学语文教学现场观摩会的范文进行公开教学，得到了一致好评，因此，我的写作能力在学校也就有了点小名气。

正月十五，元宵过后，夜校正式开学了，报名的一下子有60多个，大都是白天干农活或放牛的小女孩，这些人一听说有学上，高兴得不得了，奔走相告，提着小煤油灯从各个角落赶来。我记得第一课就是教他们读"毛主席万岁"和"翻身不忘共产党、幸福不忘毛主席"。看到他们一个晚上一小时的识字课，一笔一画、一个字一个字地学得那么认真，一个小时的唱歌课，一句一句地放声跟唱，兴致那么高，有时放学了还要再拖延十多分钟的情景，我的内心充满着一种特别的喜悦和欣慰。放学后，有些住得边远的学生，我还要提着煤油灯护送他们到家。

上日学13节课，体会更深刻。这三个年段的体育、音乐课要求是不一样的，我刚刚毕业，一下子要面对这些学生，怎么进行课堂和课外的教学？在没有教材和教学参考书的情况下，我凭着一腔热情、一股牛劲，到湖头中学找我的音乐和体育老师求教，再到新华书店买来书籍，常常备课到深夜一两点。这样一节一节地上，一次一次地琢磨，慢慢地摸索到一些教学的方法和规律。体育课，原来的操场上跑道不够，就到村里的大道上划上一段做跑道。经过苦练，四年级的同学在五一劳动节参加全公社各小学的比赛，还获得了第

溪美小学校长刘子坚

高中政治老师张文涛

二名。

　　由于刚出校，上课时强调严肃认真，却容易动火，不注意方法。记得有一次上三年级体育课时，有一位同学很调皮，在向左转时偏向右转。他站在第二排，我走过去用力把他拉出来，想不到用力过大，他扑倒在地上。晚上回家吃饭时，父亲就厉声训斥我："你怎么上课打学生？"我一时很懵懂，"没有啊！""把人家膝盖打破皮了！"哦，这时我才猛然想起下午上体育课时的事情，我即把当时的情景向父亲解释了一下。这件事对我是一个很深刻的教训，我暗暗立誓，以后上课只能动口，千万不能动手，万一失手，后果是

我和高中物理老师吴国锋在安溪三中贤良祠的合影

难以料想的。

在 13 节课中有两节是五年级的政治。较高年级的同学，接受能力确实是不一样的。我按照课本的内容，查阅了很多时事资料，高中学到的东西也都派上了用场。就在上了四五周后，有一天上午，刘子坚校长突然拿着笔记本随我走进教室，坐在后面听我的课，我的心一下子"扑通扑通"直跳，紧张得浑身出汗，上课一会儿后才慢慢恢复了正常，进入了状态。课后，刘子坚校长和我坐了一个来小时，讲他听了以后的感受，好在哪里，不足的在什么地方，让我豁然开朗了许多，教学的信心也进一步增强了。

　　转眼到了 7 月 12 日，学校开始放暑假了。上午，刘子坚校长召集全体老师开会，总结一个学期来的各项工作，暑假护校工作也做了安排。开完会后，他叫我到管财务的老师那里领工资，说这个学期 5 个月一共 50 元，公社拨给学校的每月 10 元扫盲经费全部给我，学校一分不留。我一下子兴奋极了，眼眶里噙着激动的泪水，真不敢相信这是真的。在学校里一个星期六个晚上和三天里教着一些功课，能拿到这么多的钱。我在领款凭证上签上我的名字，接过这 50 元，手都有点发抖，放在衣兜里快步回家，递给父亲说："爸，这是我这几个月的工资，共 50 元。"父亲这时已经把面线挂上竹子，歇息着，在灶前添着火煮中午的稀饭。在这昏暗的仅 14 平方米的既做加工面线场所，又要煮饭、放碗筷吃

我的高中化学老师徐芳芝（后来调往福州三中）

我的语文老师潘保生

饭的房间里，只见父亲卷着土烟叶往灶口里取火吸着。听到这个消息，他长长地吸了一大口，然后慢慢地吐出来，用一种特别惊异而又欣慰的目光直视了我一下，脸上露出赞许的笑意，频频地点着头。7个儿子，大儿子竟然能够出来赚点钱了，他嘴里喃喃道，也似乎在对我说，这50元可以交一个人的口粮款了。当时，父亲最犯愁的是快到年底生产队决算时，全家10个人还有一半的口粮款没处着落的事情。

50元，这就是我高中毕业后走向社会赚到的第一桶金。这第一桶金成为我以后做事、做人的奠基石。

第二章　小学民办教师

　　1973年8月底，学校准备开学了。根据公社教革组通知，这学期可以招收一名小学民办教师。当时学校5个班级只有6名教师，由于我在上学期上过几个班级的课，学校就把我上报给公社审批，我也就从夜校扫盲老师转成了小学民办教师，工资是每个月公社拨款16元，大队补贴4元。在教学安排上，要我担任三年级、五年级的数学和三年级、四年级的音乐、体育课程，每天都要上4节课以上，教学任务是比较重的。

　　当时全校只有7个老师，每个星期除了星期六外，其他晚上都要在一间办公室里集体办公、学习研讨。由于我担任两个跨年段的数学，所以在备课上要特别地花时间。在我读小学六年级第一学期时，就碰上了"文化大革命"，因此六年级的分数就没读过，加上初中一年级只读了两个多月就跳到初二年级，因此一些基础知识还没掌握，连求一个数是另一个数的几分之几的题目，自己也不太理解，好在五年级的语文老师李福汀，他数学比较好，我常常在晚上集体办公后，单独向他请教。通过一段时间的钻研，慢慢地步入正常的教学轨道。

1974年1月中旬，要放寒假了。为了欢度春节，丰富农村的文化生活，大队和学校商定，由大队党支部委员苏大坤负责牵头，学校老师配合，挑选一些社会上的知识青年和夜校一些学生，排练一台节目，在新年正月初一晚上演出。由于学校有4位老师是外地的，要回去，刘子坚校长就把这项任务交给我和另外的两位本地的老师，晚会的节目挑选和排练由我负责。当时，我从《前线民兵》《福建日报》、县文化馆的文艺表演和各有关资料中找节目，最后确定11个节目：大合唱《东方红》《国际歌》《三大纪律八项注意》，对口词《路线正确革命才能胜利》，表演唱《毛主席夸咱女民兵》《我爱养猪这一行》，小戏《藏水缸》，相声《球》，还有南音演唱、锣鼓词，以及福汀老师创作的快板《溪美新貌》等。节目确定以后，就从夜校的学生、村里的知识青年以及在中学读书的学生中选定表演人员。他们接到通知十分高兴，意气高昂，从腊月二十开始排练，每天晚上都要排练到11点半，一遍又一遍，一句又一句，直到大年除夕晚上还在做最后排练。

初一下午，大队安排人员在操场南边搭起了戏台，底下用学生上课的桌子垫着，上面铺上县商业局在我们大队建的一座备战用的冻库里的大木板，竖起了竹竿，拉起了从其他大队借来的布幕，用最原始的办法搭起了一个简单又实用的戏台。天刚昏暗下来，一群一群的男女老少从各个角落蜂

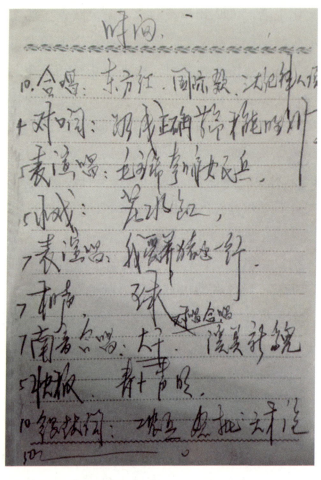

1974 年春节晚会上排练的文艺节目

拥而来，不少还自带着长条椅。6点半后，大队安排人打起了两盏大白灯，7点多，大队长手拿着广播筒简短地讲了几句话后，演出就开始了。当时没有扩音器，底下密密麻麻的3000多个村民似乎是屏住呼吸在听演员们的台词和歌唱，还可以听到后台的提示音，演出整整进行了两个半小时。演出结束后，有些群众久久不肯离去，要求把歌再唱几遍让他们听听。节目虽然匆促排练，演出赶鸭子上架，有时前言搭不上后语，要中断下来听提示，但还是深受全大队男女老少的欢迎，因为在当时，演出这么一场节目的仅有我们溪美大队。演出结束，演员们卸妆后，又在一起讨论哪些地方还演得不好。这一夜我心情非常激动，久久难以入眠。才这么几个粗糙简单的节目就这么深受群众的喜爱，可见农村中群众对文化生活的需求是如此的迫切和渴望，以后要多排练些节目来给群众看看。

转眼就到五一劳动节了，由于有了春节演出的经验，这次我们就组织排练了《春播之后》等三个小戏进行演出。由于学校上课没地方排练，我们就到土改时一户人家被改作大队公用的一处小楼房上排练。4月24日晚，因灯光昏暗，在排练中，我不小心踩空，摔到了楼下，腰部撞在上楼梯时第一根凸出一截的木柱上，痛得久久坐不起来。过了一会儿，我自己慢慢站起来，在腰部揉一揉，强忍着走上二楼继续排练，排练的同志也不清楚是怎么回事。我回家又不敢告诉家里人，这样疼痛了近半年时间。后来我回想起这件事，好生害怕。好在我年轻，手脚灵活，又是撞在拦腰的软肉处，如果是摔到脊骨，可能就永远站不起来了。

除了1976年春节我到湖头中学代课，没排练演出外，其余的每年春节，我们都在大坤支委的带领下，排练节目进行演出。

1974年春，由于新学年改在秋季，因此这学期，中小学校每个年段都再延长一个学期。开学后不久，学校又安排了新的任务。每个老师每个星期都要安排一个晚上去生产队组织学习有关文件和材料，文件学习后还要统一上缴。尽管春寒料峭，道路泥泞，农事繁忙，但我都做到了风雨无阻，如期前往，把大队、学校交给的任务完成好。

短短的一年半教师生涯，在我思想深处刻下了深深的印记：当教师责任很重，使命崇高，文艺宣传又有这么大的作用，我们应该百倍地热爱、珍惜、完成这份职责。

第三章　劳动锻炼

　　20 世纪 70 年代，是一个火红的年代，也是一个靠劳动赚工分抵交口粮的年代。我们家 10 口人，爸、妈和我、六个弟弟和一个妹妹，最小的弟弟和妹妹是 1970 年和 1973 年出生的。除了二弟没读书外，另外四个弟弟分别在中学、小学上学。尽管父母拼命地干，一年的口粮款还是要欠一半以上。因此，我高中毕业后，虽是在小学任民办教师，但所有的星期六下午、星期天、寒暑假、农忙假都争取去参加生产队的劳动，多拿些工分。在念初中刚参加劳动时算半劳力，一天 14 个工分，一段时间后，由于会挑百斤担和犁田、耙田，被评为全劳力，一天 20 个工分。而每一分工分的价值要等到年终结算时，全生产队稻谷、小麦、地瓜、花生等粮食的总价钱再除以所有劳动力总工分后才能得知。

　　农活是繁重的，农事是一年四季周而复始的。正月初五过后，最让人感到纳闷的就是要去三片冬田翻耕筑田埂。我们生产队有一片冬田，在跟金谷公社洋内大队交界的"放屎格"半山腰上，去时要走上两个小时，远远望下去，可见大演村公路旁的汽车在行驶；另一片冬田叫"公叉郎"，面积最大，一年可种两季；再一片是"丁火墘"，一年可收割水稻40多担，地瓜50多担。这三片冬田要干三四天，早上6点半出发，扛着犁、耙、锄头、岸刀，挑着簸箕，带着土锅、米、地瓜、萝卜干到山上，8点半左右开始干活，中午在那里煮午饭，随便在周围捡割山芼时人们丢掉的刺梗来做柴火，在山边挖一个小水池，利用渗流下来的泉水煮饭。

有一次夏播，队长安排我耙田。在冬田里耙田是最累的，一小丘一小丘，两手提着耙来回赶着牛。这一天，我带了6两多米、一大把萝卜干和两块地瓜，计划中午和傍晚作为两餐来吃。但由于耙田，耗力太多，肚子太饿，我一下子全吃光了。由于太累，天气又很热，坐在树下，躺着休息一会儿，突然间觉得脖子冰凉，我一下子醒来，定神一看，原来有一条青竹蛇从我的脖子上爬过去。哇，真是好险啊！

惊蛰到来，就要开始忙着浸稻种，种花生。花生有的是种在空闲田里，也有的是寄种在即将收割的麦田中。早稻浸稻种、育秧苗，有时碰上倒春寒，秧苗烂掉，还要重新浸种。小麦一般是冬至前种下的。种小麦，一种是种在刚收获晚地瓜的地里，这种筑畦比较容易。另一种是种在刚收割晚稻的田里，这个就很费力，要先把稻田里的稻根一个个挖起来，用牛犁翻成畦。由于犁翻起来的土块很大，还要用锄头一块块锄碎，一畦一畦筑起来，再用锄头斜剖成一行一行，或一行挖五个穴，然后到各家各户的厕所挑来肥水（肥水经测定，度数高的工分高，度数低的工分低，这要靠平时多拣牛粪、猪屎，度数才会高），浇在每一穴里，然后放上麦种，撒上粪土，再把畦面压平。如碰上干旱天，三四天后还要引水灌溉，这样小麦才会长出芽。碰上好年景，一亩可收割200—300斤，如碰上绵绵春雨，麦子一倒伏就无法灌浆，收成就无望了。因此，种小麦的收成是不多的，但在那个以粮为纲的年代，是不允许你不种的。

小麦一般是清明节后开始收割。我们农村有个习惯，即每年农历三月十五，如收割小麦，就把小麦晒一晒，再放在石磨里加水磨成糊状，然后用一块肥肉在锅中擦一擦，榨出油，舀上一小勺麦糊放在锅中，煎成一块薄薄的麦饼，清新的麦花味，香喷喷的，味道好极了。当时大队还开办了一间手工面店，即面粉中加入水后用手搅拌，再用竹棍子擀，最后用刀切成一条一条面。放到锅里煮，烧开后捞起来放到清水里浸一下再捞起来，放在米笒上。要吃时，用纱巾把面包起来捏一捏，放入口中一咬，越嚼越有味道。如今市场上的小麦已不是当年土生土长的小麦，面条加工也几乎是用机器来代替。用传统手工方法加工面条，现在在农村偶尔有几家。手工加工的东西，独具风味，让人一想起来真是口水直流，回味无穷。

小麦收割后，得抓紧把麦田犁翻开，进行熏田。首先把麦梗晒一晒，然后和干稻草、山茅捆绑成一个个草垛，点上火，再把四边的土盖上，留下一个火口让其慢慢燃烧，用熏土这样的办法，来增加土壤的肥力。两三天后，再把各个熏烟堆锄散，灌入水，抓紧溶田，插上早秧。

早稻插秧，是用锄头在秧埔地里铲出一片片秧块，再挑到水田里，用手掰成一小块直接贴在泥水面上。铲秧是要点技术的，要一手握住锄头柄，一手慢慢推进锄头。土层不要太厚，因为早秧生长期短，根系还很少。

晚稻秧苗由于生长的时间长，所以插秧前要把上面的秧叶割掉

插秧的阵容是很壮观的，属于全劳力的都要插，女同志负责铲秧、分发送秧。我最早插秧时速度慢，每一行弯弯的，插不直，后来我注意观察插得好的老农的插法，边插边琢磨，慢慢领悟到了其中的诀窍。首先是每穴的行距。一般早稻每行行距是22—25厘米，晚稻要稍宽些。两眼环顾前后左右，两脚往后退，身子从左到右一行一

行快速移动。苗要插得正，齐刷刷的，呈正方形。一段时间后，我出手快，插秧整齐美观，总是第一个先上，插在前面，这样就不会跟在出手慢的人后面受影响。春播完成后，5月1日前后要薅一次草，撒点化肥。长势不好的，要收集一些草木灰和土粪，捏成一个小团，隔穴插在4株稻苗中间。一段时间后，这一片就会慢慢又绿又壮起来。

当时我们大队高中毕业回乡的青年很少，只有6个，我们生产队只我一人。有一天，队长对我说："我们生产队识字的人少，至今还没有出纳，收支往来账目都要请大队的人来帮忙，很不方便，现在你回来了，出纳这事儿就交给你。"因此从1974年开始，我就负责起出纳这项工作。虽说全队只有17户90多人，但所有来往的账目都要登记公布，收入方面的不多，主要是农事农耕的支出比较多，如买尿素、碳铵等化肥，买竹子、竹笼、扫把、花生、黄豆、种子、牛扁担、铁链、做犁、修犁、搭耙、修脱谷机，买墨水、红纸、毛边纸、煤油等。事务十分琐细，但我都做到了每个月结清一次，半年和年底，两次在全队社员会上公布。后来我到大专班读书，我跟队长讲，这工作要移交给谁？队长说，你去读书，这里的事叫人代理一下，等你放假回来再一起登记结算一下，这样我们放心。这个工作一直到我毕业分配到县委办公室一段时间后才得以移交卸任。想想这近十年的出纳工作，我做到了账目清楚，来往分明，分角不差，而且还没有拿任何报酬。

社员们的信任和期待，使我的内心暖洋洋的，更使我深深感受到，农村是多么需要有知识、有文化的青年啊！

6月初，有些稻田里长着稗子，还要组织下田一根一根地拔掉。发生二代三化螟时，就要在晴天坚持几个晚上点着灯，在脸盆里放上水，水上放点柴油进行诱捕，有时一个晚上可捕捉到满满的一盆。小暑过后，金灿灿的稻谷开始陆续收割了。当时的稻谷主要有两个品种。一是传统早熟的高秆陆才号，产量较低，抗病虫害能力比较差，亩产400—600斤；二是新推广的慢熟矮秆品种，抗病虫害能力比较强，亩产达800—1000斤。我们的农田主要分布在井子、

脱谷桶

洋塘底、中簿、石古口、下乡、宫脚、大草埔、林前山、屋后等9个片，共70多亩，最多的一片有十多亩，少的三五亩。

　　早稻的收割是在大暑前后，是最繁忙紧张的。由于天气炎热，有时又遇上台风，所以早上5点45分，当广播里"东方红、太阳升"的乐曲开始播放时，我们全生产队的劳力就要出动下田收割，女同志负责割稻，男同志负责脱谷、挑谷。脱谷一般是三个人一组，脱谷桶80多厘米高，前面长方形，后面有点椭圆形，桶内用5根竹竿围着一块麻布，放着一块斜搁在桶沿和桶底的脱谷板。脱谷时，胸前要系上一块围巾，不然稻草一打下去全身都是泥浆。脱谷最关键的是第一下，要握住稻把用力打下去，摇几下再举起来打下去，至第五、六次谷子就全部脱落了。稻谷要等到可以盛两笼（120斤左右）时才停下倒出来，装在竹筐或布袋里。

　　由于我比较年轻，挑谷到生产队晒谷埕经常由我来，远的要挑两三公里，特别是到中午12点半左右收工挑回来最吃力。这时肚子特别饿，肚皮往里面缩，但还是要咬着牙，迈着沉重的步子，把稻谷挑到生产队的晒谷埕，然后立即回家。跑到离家不远的溪边，纵身跳进水底里，一会儿钻出来把上衣和短裤脱下来，洗一洗放在旁边的大块石头上晒，等游了十几分钟上来后，衣服也基本晒干了。然后回家再吃些饭，躺在荔枝树下的石板上或依靠在门框边睡一会儿，到下午2点半左右又要出工了。晚上7点半收工后，仍然要跑到溪里再洗一洗、游一游才舒服。

割稻几天后，还要抓紧把已割下的稻草系起来。系稻草，看似简单，其实不易，要先把稻草一把一把集中起来，往地上一提，让草站起来，再两手拿着几根稻草，围住稻草顶部，右手往中一竖，左手用力一拉，一尊尊稻草人就系紧立在地上了。再过几天，等这些草干了后就集中垛起来。叠草垛时要先打好底，一层一层铺实，慢慢往外伸，到 2 米高时再慢慢往里收，就像一个人戴着斗笠一样。这样，草垛叠起来才不会被雨水淋湿。割稻、脱谷、系草和叠草垛，皮肤都会很难受，手、手臂、腿部、膝盖都会留下一道道小伤痕，但在那紧张的劳动环境，风吹雨打日晒是最起码的常态。

夏收夏种俗称双抢季节。这一边稻谷收割起来，就要

我小时候经常游泳的地方，20 世纪 80 年代后期此地建起了电厂

考虑这些田是否要继续插晚稻，但大多是轮种地瓜。如果是继续插秧的，每一个稻根都要先用锄头锄起来，然后灌进水，犁一犁，放十来天，让它们发酵。如果是要种地瓜，就要先用犁犁成一畦一畦粗样，然后再用锄头整成一畦一畦地瓜圃，在傍晚时插上地瓜苗，浇上水。种晚地瓜最迟不能超过立秋时节。农谚说，立秋，地瓜卡大泥鳅，意思是说过了立秋，种地瓜收成很少，所以必须抓紧抢收起来，在大暑前后种下去。种地瓜主要有两个季节，一是5月1日前后种下去，叫早地瓜；一是立秋前种下去，叫晚地瓜。早地瓜比较香，晚地瓜比较软、甜，也比较高产。

在那个粮食严重缺乏的年代，湖头新种花地瓜品种可以说是立了大功的。这是当时全省沿海、平原、内陆、山区的"当家品种"，种植面积达190万亩，亩产可达4000斤。新种花是湖头后溪大队一个叫陈罗庚的农民育种专家培育的，这种地瓜纺锤形，皮薄，粉红色，生长期短，一株可生四五块，一块一两斤，食味甜香，粉质可口。当时，湖头地区农民很多是靠培育新种花地瓜苗创收的，有时一天可卖出数百万株地瓜苗。地瓜苗的培育，是在挖晚地瓜前，把地瓜藤尾端部分剪下来，育在各家各户的小自留农地里。如遇上下霜天，还要盖上稻草，以防冻死。第二年开春时再把它压入土中，让其长出新芽来，等长到有五六叶后就剪下来出售。对此，湖头供销社专门组织了一个销售地瓜苗总调度中心，连江、闽侯、闽清、永泰、霞浦、长乐、平潭等县纷纷派供销员来采购。新种花地瓜苗的培育，善于经营打理的，一季可卖上100多元。当时100藤可卖到8分、1角或2角。湖头新种花地瓜苗一直畅销到1975年底，由于闽南下了一场罕见的大雪，那一年插下去的地瓜种苗几乎全被冻死，很多群众就跑到厦门莲坂买来地瓜藤（那里海拔低，没冻死）来培育，从此，湖头新种花地瓜苗的培育就慢慢退出历史舞台了。

我的家乡湖头镇溪美村

　　地瓜苗插下去后，没有水的要赶紧灌溉一下。20多天后，要在每两穴中间锄开一个穴，浇上肥水，盖上土粪，再用锄头把整畦土锄细一下。9月1日前后，就要把地瓜上面的土锄开，浇上肥水、施上化肥、撒上土粪，用犁把整畦的土犁动一下，再用锄头把两边培成整齐耸起的土脊，然后再把藤拉起放到弄好的这一边沟里，再用犁翻，修整另一边。快到挖地瓜前一个月，还要把畦中的藤拉起来翻一翻，以免藤附在地上长出了小地瓜，影响到穴中地瓜的长大。

大暑过后，花生进入了收获的季节。花生种子每年都得从外地购入，因为本地留置的变异性太大。花生的种植，每一年都要实行轮种，除了部分菜地、闲置田种植外，其余大部分都是寄种在快要收割的麦田里，到麦子收割时，花生刚好长出了芽和叶片。谷雨前后进行一次除草松土、施些钙镁磷肥就可以了。到摘花生时，一般是男同志负责把一株株拔起来，女同志拿着筐蹲在地上或坐在小凳子上摘。摘花生是凭重量计算工分的，所以没有人会闲着，大家都在拼命抢速度摘。每次拔花生时地上会落一些，特别是长久没下雨，土块硬，拔时会掉得更多，所以收工时还要按人口分到各户，翻捡发芽和掉下的花生。有时可以翻捡到半畚箕，晚上回来洗一洗，好的捡起来晒，小的剥出花生仁煮一煮，可算是一盘上好的菜了。

收工后，每个人各自挑着花生到溪边进行冲洗。冲洗时，用脚用力地踩，泥土才逐渐冲洗出来。洗干净后，挑到生产队门埕过秤。队里每年都会根据种植的数量，分一部分给每一个人口。我们家每次都会把分来的花生拿出一小部分，放到锅里用腌芥菜、萝卜的菜汁去煮，晒干后，再放在一个小瓮罐里，作为招待贵客和做佛生日之用。我们兄弟都知道瓮里放着这一瓮熟花生，尽管非常爱吃，但谁都不敢随便去拿一颗吃。

农忙过后，大队办起了榨油坊，3斤花生可以换1斤油、

1斤豆饼。豆饼非常香，能有一小块放在袋子里，不时拿出来啃，那是再奢侈不过的美食了。通常换来的这几斤豆饼都是掺和着一些麦皮养猪，让猪长得快些。当时的农家，一般是在年初买一头十多斤的小猪来养，靠洗锅碗水、菜叶、熬的地瓜叶等饲养着，难以养到很大头，养了一年，大多在100多斤到150多斤，150斤以上的很少。每逢过年前，我们都把养的猪用麻袋装着，我和父亲扛着到湖头食品站收购，1斤毛重是4角7分，100斤可安排20斤平价化肥，卖得的这四五十元回去就马上交给生产队，抵所欠的口粮款。

　　记得有一年，为了给母亲做生日，用猪头敬祀，就把养的猪杀了。杀猪时，我们是多么的高兴，4点多就起床，大人们帮忙把猪按在大椅子上，只见杀猪者快速地在猪的咽喉处猛地一刀扎进去，再转动几下，猪叫声慢慢变小了，这时我们就烧了一大锅开水，放在大的脱谷桶里，把猪放在里面烫。剃去猪毛后，就把猪后面两只脚高高吊在大门口开肚，把猪肚子里的东西掏出来，再把猪头夹在椅架上。不一会儿，猪肚、猪小肠、猪大肠洗干净，称重过后大部分交给杀猪者去卖。因为缺钱，我们舍不得留下自己吃，只留下一块猪脖子周围的肉和一盆和了地瓜粉的猪血。天亮后，这块猪头肉和猪血煮一煮，叫猪料汤，分给周围的邻居每户一碗。在我们那里有一个习俗，谁家杀了猪，都会把煮好的猪料汤分给周围的每一户。美味的猪头肉、猪料汤一直缠绕在我的脑海挥之不去，终生难忘。

　　紧张的摘花生之后，一方面要抓紧把晒干的花生藤捆绑堆砌起来，一方面要赶紧灌水溶田。8月1日前后进入晚稻插秧时节。晚稻的秧是比较早就播育了。由于时间长，长得比较高，根又比较旺，因此我们早上都要提前出工，集中去摘秧。一小撮一小撮地摘后，再把根部的土洗掉。要插时把上面的秧叶切掉，放在秧船上，蘸上猪骨头灰深插到田里。有一次，我的右手无名指肿毒，肿得很厉害，疼痛难忍，但我还是坚持敷上青草，换由右手提秧、左手插。平时，要插秧时，犁田耙田要由全劳力轮流当值。耙田是最繁重的活，一整片的田高低不平，你要提前下田去，先按下铁耙重重地打两大圈，再在两大圈之间隆起的泥浆上耙过去。这一耙，最能考验一个人的功夫，因为要一手扶着铁耙看左右两边的情况，低了就提起一点，高了就往下压一点，一手拉着牛绳，牛跑得越快越均匀，整片的田就越平坦。耙完后还要安排人做灵活的处理。有些是早稻的稻根没有弄破，整块凸出来，就要把它锄开铲平；有些较低洼、泥土较少的，就要把较高地方的土往这边挪，这样才能开始插。插晚稻最不好受的是上午11点和下午两三点，太阳直接晒在脖子和后背上，又没有风，要到下午4点多后太阳开始西斜，阵风吹来，才清爽无比，这时到7点多效率是最高的，一直干到天黑才收工。

　　早、晚稻插植后，都要薅草。早稻只要一次，由于草少，薅得就比较快，薅前先撒些碳铵化肥。晚稻要薅两次。第一次是在插后 20 天左右时间。薅草的工具俗称"草耙子"，用铁打造成的，宽 12 厘米、高 10 厘米左右，分别打 6 根铁条，搭上一根 3 米左右长的木柄。拿着这个工具可以在稻田里来回拉动，搅动泥水，除掉杂草。薅草时，要集中注意力，稍微半蹲着步子，弯着腰，两手上下左右拉动。有时还在两行稻苗中撒下一些花生藤，以便腐烂后增加肥力。第二次要到 9 月中旬，即白露后进行。这一次稻苗长高了，草也壮，所以用力要大一些，薅草前要先撒些尿素或碳铵，有时还撒上些草木灰。最让人高兴的是晚稻插后一段时间，如突然间来一阵雷阵雨，待晚上八九点时拿着手电筒在稻田的田埂上照一照，可发现有些青蛙蜷缩在田埂旁，这时抓上几只，再放上米粉煮一煮，味道鲜美可口，是最快意不过的了。

晚稻插下去后和生长、抽穗期间是最需要水的。当时，我们大队水源比较缺，"溪美鬼，三天没雨要庤水"，这是对缺水最形象的写照。有时碰上长时间没下雨，就要出动全生产队的劳力，晚上到三四公里外的福寿大队的源头地段拦水引到水渠，再分段护着，因为一路上要用水的生产队太多了。为了解决严重缺水的实际问题，大队党支部经研究采取了两个办法：一是在我们大队最东边的大石壁上，架起了两段式的水泥管，把东边的溪水泵上，引向西边。一段时间后因为管道太长，坡度大，这个方法效果不怎么好。二是在湖头北部街道边筑一条大沟渠，渠水流经我们村一片 500 多亩的低洼田，但这一条沟的水没办法浇灌那些比较高的田，因此就在沟渠旁安装了两台柴油机发电，把水抽到 30 多米高的渠道上，以解决这一片 1000 多亩田地的用水问题。

水是我们溪美大队的命根子，因此，我们对水有着特别深厚的情结，凡是需要储蓄水的事情都有溪美的份。尽管这样，缺水的问题还是得不到根本解决。1969 年底，大队党支部为了从根本上解决这个问题，经过广泛听取意见，最后研究决定在湖头大桥旁兴建一个水轮泵站，把前面的渠挖大，引进整条溪的水，安上水轮机，这样就可以把水泵到山腰上，再沿着山腰修一条渠，我们和湖一、福寿三个大队地势高的田就都可以用得上水。由于是三个大队共建，因此就把这个站叫作群力水轮泵发电机站。需用水时，两台水轮机全部泵水上山；不需要时，可用来发电 800 千瓦。这个方案深得广大群众的赞扬和支持。因此，一场兴建群力水轮泵的大会战就这样拉开了。

兴建群力水轮泵发电机站，受益最多的是我们大队，因此，我们所承担的工程量要占一半以上。到了 1971 年七八月间，沟渠基本修建好了，工程建设进入最后关键阶段，即挖掘土石方。这个工程量最大，最艰巨。为了在最短的时间内完成，大家日夜不停地挖掘。大队还制定了从坑底挑一担沙石上来发一张票、可得 1 分工分的激励措施。那时，为了多拿点工分，我利用晚上收工后的时间到工地加班，有时一个晚上挑了二三十担，可得二三十分工分。当时干活都是光着脚的，在这样上百人来往穿梭的大工地，为了能多挑一些，经常脚底下被石头划出了道道伤痕，虽很疼痛，但也是咬着牙坚持着。就这样，在短短的两个多月突击中，我挑了300多担，挣了300多的工分。现在，这些农田很少种植水稻了，因此不再需要泵水上山了，但群力水轮泵发电机站还在，每每回到湖头经过这里，我都会转过头，深深地注目着，因为这里曾经是我几十个夜晚汗水浇注、辛苦奋战，又令人神往、无比感慨的地方。

　　双抢季节是最忙碌的，但也是最让人畅意的。白天三

我们上百户人家共用的一口水井

伏天烈日暴晒，晚上却能在水井旁冲水、听歌、讲故事，那可以说是最极致的享受。我们厝边有一口深达十多米的水井，冬天会冒热气，夏天井水像冰水一样清凉。因此，晚上生产队集体评工分结束后，我经常在这里提桶水往身上一冲，非常凉快舒服。水井旁有几块大石板，我们经常三五成群地坐在这里，望着星空，追着月亮，听着安溪人民广播站的节目。广播站节目播完后，又继续听 70 多岁的苏涣老大爷唱山歌："正月桃花开，姑娘病子（怀孕）哥不知，哥哥问娘爱吃啥，爱吃山东冷水梨……"还有更让人感兴趣的是听苏两全叔叔讲历史奇闻，讲梁山伯与祝英台"二八三七四六定，哥的叮嘱你要听"的爱情故事，以及考生进京赶考的"不见高山面，只听水流声"的对子。这对我一个刚走入社会的青年来说，真是听得句句入耳，件件上心。我真佩服，我们的这些老人、前辈对乡村古老文化、民间传说记得这么深刻，讲述得这么生动有趣。这些深深地印刻在我的脑海中，永远都忘不了。

想想那时，安溪县人民广播站每天通过有线广播，在早上 5 点 45 分、中午 10 点 50 分、晚上 5 点 45 分开始播放"东方红，太阳升"的乐曲；中央人民广播电台每天上午 6 点 35 分播放"新闻和报纸摘要"节目，晚上 8 点整播放"新闻联播"节目。这个时期我们是 16 户 100 多人挤住在一座大厝内。一有空闲我们都站在大门口认真听，有时连饭也顾不得吃。安溪县人民广播站用闽南话广播的节目大家听得懂，中央台用普通话广播的听不懂，所以我有时还要在旁作解说。我经常是收工后来不及吃晚饭就跑到三四公里外的福寿大队、汽车保养场、电冶厂等地观看电影。当时一部电影是每一个大队轮流放映一个晚上，如《英雄儿女》《地道战》《地雷战》，我看了四五遍还想再看。对文化生活的迫切需求和冲天干劲，现在每每想起都觉得不可思议，但《英雄赞歌》《毛主席的话儿记心上》等歌曲，深深地教育、鼓舞、影响了我一辈子。

转眼到了大雪、冬至季节，这又是一个抢收抢种的季节，但比起夏季来不会那么紧张。这时主要是收割晚稻、收获晚地瓜、种冬小麦等。挖晚地瓜时，首先在每一块地，按人口分摘地瓜叶。各户采摘地瓜叶回来后，放大锅里煮一煮，放在一个大缸里，以备日后可以一瓢瓢舀起来喂给猪吃。叶子采光后，地瓜藤要统一劈起来分给领养牛的农户（全队有 4 户），以备平时给牛吃。这 4 户领养牛的条件是要有一间牛栏，还有一个小孩平时能牵着牛去放养吃草。牛栏里每年要 2—3 次组织人挑着十几担粪土放着，牛屎牛尿拉下去，肥力可高着呢，一段时间后再清理，挑到田里施在农作物里。那时，我们家也领养了一头，没有牛栏，就和我伯父领养的牛关在同一间。1967—1969 年还没上初中前，我经常赶着牛，扛着一把锄头，挑着一个畚箕，看到有牛粪或其他杂粪，随时随地捡起来，回来放到自家的一个露天厕所里，以增加水肥的浓度。因此，我们家就一直延续下来，由我弟弟领养牛看着，因为一年可增加 500 多分的工分。

地瓜藤劈好后，就要用犁把地瓜两旁的土犁开，然后用锄头挖起中间的地瓜。在挖的同时，要把地瓜装进筐里，另外两个人扛起称一称，一堆 50 斤，这样一堆一堆放着，再按人口平分。有时数量多，一次一个人口可分到 2—3 堆。分完后，每家每户就要动用一切力量把地瓜挑回。大丰产的年份每人可分到 300—400 斤。在那个粮食极为匮乏的年代，地瓜就是填饱肚子的最好粮食。地瓜挑回去后，要进行处理。把小块的捡起、碾碎，洗地瓜淀粉。地瓜渣晒干后，到 2 月份粮食不济时，可用水浸一浸，再用石锤捣后切成一条一条放锅里蒸熟了吃。对一些比较大块的地瓜，要选择好天气，天刚蒙蒙亮就起来，在椅中绑一把切刀，快速地把地瓜切成一片一片，挑到溪边沙石埔上晒，过三四天晒干后再收回。这叫地瓜干，主要是在夏季干活时作为主粮撑肚子。对剩下的地瓜，撒上草木灰，慢慢地吃到第二年的 1、2 月。新种花的品种放一段时间后，放在后锅（农村里前锅煮稀饭）煮，后锅的火势比较弱，因此，煮出来的地瓜软软的，特别好吃。

由于冬种的主要作物是小麦，而晚稻割起来的稻田只能翻种一部分，所以相当一部分是撒上紫云英籽，第二年春，长为绿肥，在春播前割起来放到其他闲置田里。也有一部分安排给各农户种芥菜、冬萝卜、豌豆等，进行间作轮种，以改善土壤的地力和肥力，确保粮食的增产丰收。

秋收冬种过后，就要忙于砍甘蔗了。由于我们大队严重缺水，因此有一部分看天田都种上了甘蔗。记得小时候，我们大队那里有一座榨甘蔗的糖铺，两个大石轮用大块木头架着，然后两头大水牛或三头黄牛拉着木架，转动两个大石轮压榨着一根根甘蔗，一般要榨三遍才能榨干。甘蔗汁榨出来挑到大锅里煮，半个多小时后，糖水舀出来，待冷却后，再敲打成一块一块的红糖。后来安溪糖厂建立，各地的原始糖铺也就停止了使用，所以砍完后只需联系车辆运送到安溪糖厂就可以。砍蔗活儿，一般要5—7天才能完成。

一年中大队会利用一些农闲日，安排2-3次，集中在山地分片割山茅，以解决群众柴火的问题。割山茅要学会两件活儿：一要学会穿草鞋。刚穿时，鞋绳新，脚会磨出一些伤痕，痛得很，但穿上几天就可适应了，而且穿越久越好走。不管山路再怎么陡，下雨天山路再怎么滑，只要穿上草鞋就可行走自如，步步实在。二要学会换肩。一担山茅挑在肩上，在路窄人多的情况下，只在肩上换来换去是非常吃力的。因此，要学会换肩。即劈制一把前面带勾的抵棰、一条长的钩藤，放在肩前，要换肩时，就可用抵棰，把肩前的钩藤钩住，用手扶着茅担，离肩歇会儿，再换到另一肩。这样不但省力，还可用抵棰揳在另一肩，以助挑茅时的平衡力。这一辅助工具一旦掌握，就可减轻辛苦程度。当时，由于割山茅一年只有几次，烧柴火还是不够，因此还要利用农闲时间到甘蔗园里捡些甘蔗叶，或挖些要轮种翻掉的甘蔗根和地面上的草根，劈一些冬田里的岸草来作补充。我偶尔到十来公里外的国营白濑林场的马上坑等地，捡些砍伐下来的柴枝。一般是早上4点多就出发，带着几块地瓜，天亮到达山上。10点多，一担130多斤的柴枝绑好后，就在路旁，捧着山泉水吃一下地瓜，挑回柴枝。在离家3公里多的地方，母亲会在那里等我，分一半挑回，下午四五点时才能到家。为了那一担柴火，去到那么远的地方，我深深地体会到"路头灯芯，路尾铁锤"的熟语是贴切的。

临近春节时，大队还会统一布置，由各生产队队长负责，对各队的大道小路、每座厝的房前屋后进行大扫除，把池塘里的烂泥挖起来晒，把坑沟里的污水杂物清除掉，把杂草垃圾清扫在路旁焚烧，以清新、干净、舒适的环境欢度春节。

时光流转，岁序更新。以前这些劳动的场景现在几乎看不见了，有些已经彻底消失了，但在我的脑海中，这些劳动场景永远都无法淡忘。因为这样的劳动让我永远记得劳动的艰辛、人民的伟大，我们的美好生活来之不易，劳动的精神值得赞颂和弘扬！

第四章　推荐上大学

　　回乡一年多，经历了教师的实践和劳动的锻炼后，又通过参加公社青年积极分子入党训练班的学习，我在思想上加深了对中国共产党的认识，感到在党的组织里，能更好地接受党的培养，锻炼自己、改造自己。为此，我怀着激动的心情，写好入党申请书递交给大队党支部。不久，支部让我填写了入党志愿书，召开了全体党员大会，在支部大会上一致通过，并送交湖头公社党委，公社党委还要我补充说明本人与外祖父的社会关系，表明要在思想上坚决同外祖父划清界限，站稳无产阶级立场。我外祖父曾在国共合作抗战时期，担任过漳平县社会科员。我 1955 年 1 月出生，读小学时，他就去世了。这之后，入党申请迟迟不见批准，据说主要是因为我外祖父的社会关系问题。

　　1974 年 8 月，当得知初、高中毕业生可以参加推荐上大学，但必须要在农村实践锻炼两年时间的消息后，又听说民办教师不能算社会实践锻炼，因此，我就毅然放弃，不再担任小学民办教师，到大队参加青年突击队劳动。当时突击队主要是干两个活。

一是在一些试验地搞科技实验。试验田里最快活的事就是开拖拉机犁田，这是农村几千年以来从来没有的新鲜事。我主动坐上位子，学习一会儿，就可以自如地开了。当时，为能开上拖拉机还专门写了一首诗："我开上了拖拉机，／心里乐陶陶。／天上的白云向我招手，／无边的大地对我欢笑。／啊，此时此刻，我多么自豪。／铁牛开心，欢叫奔跑，／犁铧闪闪快如飞，／翻起泥浪千万道。／今天播下幸福种，／明天长出丰收苗。／广阔天地任我驰骋，／锦绣前程无限美好。／

1975年开山造田，把寨子山（万鸡山）平整成农田

努力实现机械化，／祖国大地更娇娆！"

二是突击挖寨子山，把寨子山平整成农田。寨子山以前叫万鸡山，地处溪美南部，是把住水口的一座小山。大队20多名青年突击队员日夜奋战，从山上引来了一道水，用水冲土。有一天晚上加班到两点多，我在挖土时，由于用力过大，突然间另一边的水冲着土垮塌下来，一刹那来不及躲开，腰部被石头砸伤，土掩埋至胸前，其他队员见状赶忙过来一起挖掉我身边的土。我裹着满身泥浆的衣服走回家中更换，已是凌晨3点多。

10月13日下午，我到街上购买生产队需用的农具，回来在湖头车站的岔路口，遇到了我们大队的党支部书记。他告诉我，这次全县要聘请100多人搞短期的林业规划，人员要集中到祥华公社培训，湖头公社安排10个。我们大队山地面积多，安排一个名额，要求这个人要有较高的文化水平，年纪轻，懂得看地图，支部准备叫你去。对此，我犹豫了一会儿，就答应下来。此时此刻，我的心情是很激动的，这既能学点林业的知识，又能到安溪最边远的地方看一看，开开眼界，该多好啊！

回到家里，我把这件事告诉了祖母、父亲、母亲，却遭到了父亲的厉声训斥："你好好的一个教师放着不当，却跑去外面搞什么林业规划，你小鱼不钓却想去钓大鱼，你知道天地几斤重吗？"是的，爸爸的训斥是有道理的，你好不容易有个民办教师的工作，这在那时是很多人都十分羡慕的，现在你年纪已二十出头了，又是家中7个兄弟的老大，再过些年，该成家立业，担当家庭了。

夜黑沉沉的，秋风闷闷地徘徊着。我独自一人走到我祖母住的屋后的树下，低声地抽泣着，而且越抽泣越伤心。祖母知道后就到我们家灶房里说我父亲，你别气成这样，既然他想去就让他去，去去就回来，也不是很久。在祖母的劝慰下，父亲也没再说什么，我赶忙去准备行李。因为棉被要自带，祥华比较冷，我就去向四叔父借他搞社教时盖的那条棉被。第二天清早，母亲炒了一盘青菜，煎上几块中粉面粉饼（面粉加工后，再对麦皮进行加工，做出来的粉叫中粉），煮了几块地瓜。我勉强地咽了几口，就挑着棉被到湖头车站的岔路口等县半林林场的2.5吨卡车。8点多从湖头上车，爬一段七八公里很陡的公路到湖上，尔后到剑斗，再到感德吃午饭，然后沿着槐植，经长坑，下午3点多到了祥华公社。

这是我人生第一次走出来，到这么边远的地方。祥华海拔高，又遇上寒露风，确实比湖头冷。我们100多人住在一个大会场里，地上铺着稻草，上面放着草席。第二天上午公社党委书记谢温铁给我们介绍了祥华的基本情况后，县林业局进行了具体的安排，并进行林业基本知识培训，如何看等高线、林班图等。我们湖头10个人分成两个组，分别住到小道、多卿两个大队。我这个组是住在小道村，离公社仅

2 公里多。我们在那里，都要深入一个个山头、一个个地块实地察看，通过等高线看山地的高低陡缓，通过林班图分清大小林班及树种的分布和面积，察看完后统一回到公社进行小结。很快，半个月的培训结束，全体人员分别回到各自公社搞规划，要求到 12 月底完成。

10 月 31 日早上，吃完早饭后，我们十几个人又坐着半林林场的卡车回来。卡车行驶到祥华和长坑交界处的山坪，在开始下陡坡急转弯时，刚好有一辆拖斗的东方牌大货车爬坡，在路中占道。司机反应快，立即来了一个急刹车，把车头转向山边。一时间，整个驾驶室玻璃被撞碎，坐在车头的湖头林业站站长杨子龙，额头眼角被撞得鲜血直流，我们坐着的几排椅子一下子撞到一块，我的两条大腿也被撞得血瘀斑斑，痛得无法站起来。车出了事故，没办法走了，要等监理所的人来处理，那个地方又那么远，监理所的人过了几个小时才到来，因此我们中午就在山坪随便吃一下饭，直到下午调另外一部车来载我们，到晚上 8 点多才到家。

2004 年 10 月 31 日，我下乡到祥华，路过这一段急转弯的坡，那时那景，赫然浮现在眼前，耳边父亲的训斥声依然那样清晰贯耳，我真后悔不该当时生了他的气，事先没好好地和他商量，尔后也没很好地向他认错。如今事过 30 年，铸成的大痛不时阵阵撞击着心堂，我百感交集，懊悔不已，在行驶的车上写下了一首诗："山坪险象一瞬间，转眼已经三十年。撞破车窗额血注，裂开座椅腿肌斑。秋风瑟瑟盈盈泪，山路弯弯道道天。父命乖违成大痛，青春放胆只管前。"

休息了四五天，11月初，我们10个人又集中到湖头公社林业站，分为三个组，分别到湖上点（14个大队）、湖头点（14个大队）、过河点（10个大队）进行实地规划。我当时安排在湖头点，这里山地多，工作量大，搞了一个半月后，12月中旬又集中起来搞内业，至12月底结束才回到家里。人生这第一次走出本村，让我领略到一路茂密的林木，秀美的山川，看到外面的天地原来是这么广阔神奇。

临近春节，随着兄弟们的一天天长大，我父亲在筹划着如何建几间小房屋的事情。我父亲兄弟五人，他排行第二。20世纪50年代末，三叔父结婚后，兄弟分为四家，伯父、父亲、三叔父各一家，祖母和四、五叔父合为一家。分家时我们家只有护厝两间房，每间大概14平方米，还是向人家借的。一间放着一张床、一张小木桌、一个衣橱、盛放稻谷杂物的大缸；另一间，一个灶台、一个水缸、一张放碗碟的小桌，东墙角边堆放着地瓜，另一边还作为加工面线之用。房间上面横着4根杂木，杂木上放着茅草柴火。两间房前刚好有一条走廊可利用，作为我们全家吃饭出入的地方。虽然我、二弟和祖母睡在一起，但还有五个弟弟一个妹妹睡在一张床上，我父亲几乎每晚都是铺着一张草席在地上睡。1967年底，他想方设法在护厝边搭起了一小间房作为加工面线之用。记得当时，为了搭这一间，用了一年多的时间做准备，放学后或晚上，我和二弟都要到溪边挖大块石头和小石子，父亲下地干活，回来时总是要带几块大石头。备足了大小石料后，父亲自己牵绳垒墙基，然后在乡亲们的帮忙下，建起了一间十多平方米、经过千辛万苦得来的自己的房子。这一间可专门用来加工面线，就不会再和灶台、地瓜和小饭桌等掺杂在一起了。

如今，我们又要建的这几间房屋是在原祖厝后面的一块杂地。这块地旁边有些树，中间种着一些菜，鸡鸭经常跑

1967 年我父亲在原有两小间户厝外盖起的一间小屋，作加工面线之用

进去吃，虽围起篱笆，但管理起来也是不大方便的，而且这块地是生产队队长的杂地，我们要用在别的地方一块好的自留地跟他换，起先队长还很乐意，但后来又改口推脱理由。有一个晚上，我看见父亲第一次提上点东西到队长家恳求，之后队长就同意了我们开建。这块地可以建三间长 6 米、宽 3 米的房间。父亲在春节前每天加班挖地基。地基表层很薄，底下都是比较硬的红壤土，因此，地基也不必挖很深，只挖了 50 厘米左右就开始砌墙基。经过两个多月的时间，三间宽 48 厘米、高 50 多厘米的墙基就砌好了。我非常佩服父亲的眼力和手艺，三间高出地面的墙基，齐刷刷的，就跟我们现在规划的图纸一样笔直。

墙基砌好后，就开始备土。由于原来的杂地土很少，刚好在不远处的一个小山上，大队开荒造田，要挖掉很多土，我们就借来板车，利用晚上时间，一车一车地运。备了一定的土后，父亲说要赶在春雨前，把墙夯起来，因为春雨一来就不好夯墙了。因此就抓紧借来了夯墙的木柜和几把夯锤，请来邻居三四位有经验又有力气的夯墙师傅，在砌好的石基上夯起了墙。由于计划建二层楼，因此墙基要用大号的墙柜夯，墙柜高 60 厘米、宽 48 厘米、长 2 米。夯墙时，在另一端放着木夹夹住两块木板，放上一层土后夯实了，中间放上几根竹片再放土夯实，这样两三次，一直到这一柜墙夯好，放开夹架，再夯第二节墙。在夯墙时放竹片是为了使墙体有联结力。墙夯好拆架后还要站在墙中间，手拿夯锤再把墙两边夯实、夯直。墙夯到了第五节高后，就要铺上12根距离80厘米左右的杂木，以作今后铺楼板之用，然后再往上夯。到了第八节高后就更不容易了，因为整面墙都会晃动。这样夯了七八天后，这三间房子两节高的墙体就先夯起来了。

春节过后，父亲就联系在上路小学当校长的堂叔苏由天，让我和二弟去他那里买些比较便宜的杉木，备作建房的木料。我们去上路住了两个晚上，我堂叔请了几个当地农民帮我们把木头一根根从山沟底下扛到公路旁。虽说木头不是很大，但刚砍下，树皮没剥，一根两个人扛着还感到很重。扛完后，我和二弟就用借来的板车沿着公路推着回来。从上路到我们家有20多公里，先要爬一大段的坡再下坡。上坡时弟弟在前，我在后尽力推着；下坡时，我在前，弟弟在后。当行到从峰半岭连续下坡拐弯时，由于冲击力太大，弯拐不过来，刚好路边有棵大树，就连人带板车冲撞在大树上。如果没有这棵大树挡着，往前冲入山沟，那后果就不堪设想。后来每每经过这里都感到心惊肉跳，不寒而栗。

墙夯起来后，就要放一段时间，等墙体的土干了、实了，再继续夯。可是，由于父亲5月开始患病，7月去世，一直到10月，这三间由父亲亲自砌墙基又夯了两层高的房子，在母亲的操劳和伯父的帮忙下，才终于建成。为了防止房子墙体土粒的脱落，就要在墙外粉刷上泥土。即先挑一些较有黏性的土，放入切碎的稻草拌一拌，过一段时间，粉刷到墙壁上，这叫粉草土。一段时间后，再粉刷白墙。粉刷白墙，就要到街上买来石灰石块，用水浇上，让它氧化成石灰粉，用竹筛把灰中的碎石筛下来，再买些纸根，围起一个大坑，把石灰粉和纸根放入水里一起搅拌，然后用木槌反复捶打，十来天要翻动捶打一次，一次要一个来小时。这样反复捶打四五次，两个多月后，这些灰浆就可粉刷到土墙壁上。这样的墙壁粉刷后，手摸过去质感非常好，不管时间多久，始终

1974 年底我父亲亲自砌基并夯上三层墙土的房子

是白中透着点微黄，吸水性很好，碰上下雨或春天，墙壁也不会返潮滴水。

3月底的一天，大队民兵营长突然通知我，公社安排一个民兵代表名额给我们大队，要我作为代表到县城参加安溪县第八届民兵代表大会。4月1日，我怀着异样兴奋的心情，乘车前往报到。能够作为一个民兵代表去县里开会，我的内心充满着特别的喜悦和激动。这次会议我们是住在县干部招待所旁边的文庙。文庙大成殿外的走廊里，地上铺着稻草，上面放着草席，591名代表都睡在这里。大会在4月2日上午开幕，至4月6日下午结束。林文土代表县委、县革委会、人民武装部致开幕词，晋江军分区的周副政委到会祝贺并讲话。3日、4日、5日三个早上6点半就起床，集中到招待所前面的沙滩上跑步、训练、唱歌。民兵代表几乎都是中年以上的，像我这样刚二十出头的青年很少。到电影院开大会时，胸前别着鲜红的代表证，迈着整齐的步伐，走在中山街

1975年4月1日我参加安溪县第八届民兵代表大会的代表证

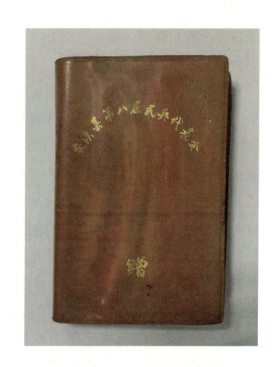

1975 年 4 月 1 日我参加安溪县第八届民兵代表大会的会议笔记本

上，对一个刚出茅庐的小青年来说，是何等的荣耀！

　　春播之后，大队要在溪边一片荒沙滩上突击开荒造田，20 个生产队按段划分，一定要在"双抢"前完成。我们生产队是按人口分的，我们家人口多，分的地段最长。父亲、我和二弟三个人中午没休息，加班在干着。父亲脚后跟不小心被石头扎破了一个口，还是弯着腰坚持一下一下地挖着。由于炎热太阳的暴晒和连续多天的辛劳，父亲中暑拉痢，而且有便血。我连忙到大队合作医疗站买了几颗药让他吃，劝他休息一下，但他仍然坚持干着。几天后，病情不见好转，

1975年4月我参加全县第八届民兵代表大会的会场——安溪电影院，现在已被拆

他的脸色更苍白，连走路都感到困难。我们都极力劝他去湖头医院看一下，但父亲坚持不去，他对到医院看病从来是不会接受的，说忍一忍就好了。但这次情况确实不同，他一天比一天虚弱，病情一天比一天严重，因此，只好同意去医院看一下。

从我们家到湖头医院近4公里，平时走路要半个多小时。因此我们就向生产队借来板车，把板车架上的尘土扫干净，铺上席子、棉被，父亲就躺在板车上，我在前面拉，二弟在后面推着。到了湖头医院，一抽血化验，医生说白细胞有2万多，白细胞剧增，是白血病，要住院治疗。当时的湖头医院，地处湖头街道的东北角，整座医院面积不大，均为土木结构的平房，医疗条件比较简陋，但医疗技术是蛮高的，有内科林建成、外科黄捷香、妇产小儿科翁小初等一批医术权威的医生，使得当时这小小医院有了不小的名气。由于住院的人不多，所以整排病房显得冷清空洞。尽管有一盏25瓦的电灯，但灯光还是很昏暗。在吊滴药水时，我不时地走出病房，到外面露天庭院转一转，望着星空，脑海里浮现着父亲的一幕又一幕……

我的父亲

1961 年我就读的福寿小学

　　父亲生于 1929 年正月二十九日，有五个兄弟一个妹妹，他排行老二，24 岁结婚，25 岁我出生了。1958 年人民公社大办食堂时的情景，我有一些粗浅的印象，即一家人全部集中到一座祖厝的大厅堂里围在一桌吃饭。那时我 5 岁，刚 2 岁多的二弟由于要不到一件东西而乱哭乱叫，父亲那时暴跳如雷，从上厅追到下厅，又从下厅追到上厅，恨不得追到弟弟好好教训一下，幸亏我奶奶抱着赶快往外跑。

　　1961 年 9 月 1 日，我开始读一年级了，就在我们大队的祖厝里上课。读了几天后，9 月 8 日至 12 日，连续遭受 21 号和 22 号强台风袭击，又碰上八月初三大潮，湖头降雨量达 417 厘米，是 1935 年以来最大的一次水灾。近黄昏时，一望无际的浊黑洪水哗哗地汹涌而来，不一会儿我们大队在溪边的 5 个生产队一下子淹没在洪水之中，远远望去，只看得见房子的屋脊和树梢。由于我们大队东边出水口有一座大石墩挡着，洪水倒旋回流进来，湖面上漂进来大块大块的木垛、竹子、床铺、木桶等各种东西，只见我父亲戴着斗笠，披着棕衣，拿着一根长长的竹篙，在祖厝门口的水边钩着一些小的木头和竹子，我也帮着一根一根往高处搬。

由于祖厝要安置受灾的群众，我们仅上了两个星期的课，就搬到离我们家 2 公里多的福寿大队的祖厝里上课。这时，正是三年困难时期，学校的操场开垦种上地瓜。四叔父在学校里当老师，有一天，他把老师们吃的地瓜剥下来的皮，

当时的祖厝，后由马来西亚侨亲李瑞安先生出资翻建，现为福寿村老年人文化娱乐活动场所

用纸包着，怕人看见，小心翼翼地拿到学校门外，让我带回家给祖母吃。这一小撮的地瓜皮，在那个年代是再奢侈不过的了。

为了解决生计困难，父亲操起了手工做面线的活儿。他十七八岁时，跟爷爷帮人碾麦，学了一手做面线的好技艺。父亲做面线的技术是独特的，他一天最多只加工40斤面粉，多一斤也不做。第一道工序和面，是在缸里放上40斤面粉、一桶近20斤的盐水（夏天10斤面粉要1斤盐，冬天要半斤盐）。他一个人一手扶着缸，一手用力搅拌面粉和水。这一道工序最为关键，关系到这一缸面线的质量。盐放少或水掺多了都不行。父亲在搅拌这一缸面时是最下功夫的，每次都是气喘吁吁，大汗淋漓，手插到缸底，然后运足气，把面团慢慢提起来，大喝一声，再往缸边压下去，这不亚于在练武时行拳使力的运气吐气。这样，四五遍反复捏着、拌着，直到面团光滑透亮，手上、缸边没有半点面絮时，这缸面才算是搅和完成了。完成后就一手把面团从缸底提起来，另一手则拿着装着地瓜粉的咸草袋子往缸边一撒，这样面从缸里倒出来时才不会黏着缸。环

缸撒上一周后，就双手抱着缸，把面团倒在地上，在地上又双手用力往四面推拍成一块大大的圆饼。

稍稍休息一会儿，就进入第二道工序，即拿一把镰刀，把面团切割成九大块，放在10厘米高的圆形箕筲中进行盘面加工。接下来，从一大块到环成筷子粗的小面线，要经过三道工序。第一道，即把刚刚切成的九大块面团捏一遍，这叫走大面。第二道，则弯着腰把大面捏得小一点，这叫环中面，这一道大概可以环成一箕筲的。第三道，即人坐在一条椅子上，椅子前头放着一个空箕筲，在胸前系着一条围巾，把刚才最先环的中面拿一箕筲放在地上，把面的一头用力拉起来，左手把着，粗的捏紧点，细的扶上来，然后右手拉紧，一把一把地盘着，在大腿的围巾上，抻成细细的圆条弹出去，一圈又一圈地呈螺旋状地卷起来。第一层满了，就上第二层，第二层满了，再上第三层。一般是两层半多些，很少环到三层。做这三道工序，父亲很有耐性，每一道做后都要停留一会儿，抽上口烟，再做下一道。

经过这五道工序后，接下来第六道就是缠面。这一道工序，不再是前几道弯着腰和坐着盘面的姿势，而是在一个木架上，插上两根一米左右长的竹子，左脚在后，右脚在前，立着马步，拿起三个箕筲的面头，左手用力挥甩着，高高地缠放在两根竹子上，右手把着面往后拉紧，这样反复缠绕，一步一步往后退，一下一下往上放，两分钟左右，两根竹子

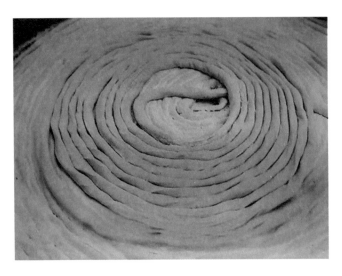

加工面线的第5道工序：环面

的面上满了，就拔出来放在架柜上。上了四五副时，再回头来用力拉长已上好的前两副面线，并在地上拌上地瓜粉粉渣后，在架柜上放好。这一道是仅次于搅拌面团的又一道关键工序。对此，父亲从来都是安排一次上三个箕管。如上四个箕管速度会快些，但他不这样做，太多了，用力不够，面线就粗细不均，细的容易断，影响到面线的质量。我初学时只上一个箕管，然后才两个箕管。一个多小时后，九个箕管的面（大概32副）就上好了。

接下来是面线晒干的工序。父亲休息一会儿后，就开始把架柜上的面线提出来拉长并拿到屋外太阳底下晒。如果碰到刮风干燥天，就要在屋里拉好了再提出去，如果天气好就可直接提到外面拉。这一道工序就是要在原有的两根竹子面线的中间，放上一根竹子用力拉一下，再双手奋力甩一下放着，再拉另一副，拉完后再回来拉原来的这一副，拉长后就插在两个晒面线的木架中间晒。一会儿，面线干了，提回到屋里，对折放在地上。50多分钟，这30多副面线就晒好了。

　　面线晒好了，心就可以放下来了，吃一下午饭，或躺在椅上睡一会儿，再把这30多副面线提起来，分别掰成一小把一小把，折叠好环绕在小箩筐中，第二天挑到街道上去卖。

　　"文化大革命"开始后，我停课在家。早上一起来，

加工面线用的箕筐

就先跟着父亲学做面线，7点半后就挑着面线到湖头街道十字街口摆着卖。面线折叠的方式，通常是把一把面线折弯三次

晒面线

后，成为短短的一小把，再环箩筐的四周一直往上叠。这是最普遍的折叠方式。我们试着创新花样，把一小把作两次对折，一把一把紧挨着铺满一层后，再转90度，一把一把铺满第二层，再转90度铺第三层。这样一直反复叠放上来，既省工，又整齐美观，让人看了一目了然，赏心悦目，不会像折成小圈的，有的会把碎面线或大面线头包在中间。这种面线只有我父亲的功夫，才能做出这种的效果。因为如果盐放少点，水多点，晒干后的线面表面看起来很干，其实手一摸就碎掉了，吃起来烂糊糊的。而我父亲这种一道一道慢工细活做出来的面线，晒干后放着会很松软，垂重感很强。父亲非常注重加工的技术和质量，从一开始就把盐分下足，水又少点，又着力在搅拌和缠上竹子的两个环节上下功夫，因

此加工的面线漂亮、干净，条条如线，吃起来特别有嚼劲，非常受欢迎。我们到街上一摆出来，往往一斤还可多卖3—5分钱，而且一下子就被抢光了。后来，由于市场上不准摆放，我们就到湖头街道一家店里搭伙卖。店主之前因经常买我们的面线，和我们成了好朋友。

面线卖完后，我就和二弟在街上买了100多斤小麦，我挑多一点，二弟挑少一点，挑到湖头电厂加工面粉，100斤小麦可加工面粉80斤和18斤左右的麦皮。到冬天或春天，因小麦放的时间久了，会有些尘粉，所以还要挑到水渠里用水洗一洗，晒干后再加工，这样做出来的面线就会比较白。原先加工面粉，是用水车带动石磨转，磨出来的粉倒在筛布上，用两脚使劲摆动。这样加工很慢，100斤要3个多小时，而且加工时，由于面粉纷扬，整个人就像雪人一样。后来用水车带动碾麦和出粉的机器，100斤也要两个多小时。再后来用电力加工，100斤只需四五十分钟。可见，加工的机械化对解放劳动生产力、提高工效是多么重要。

记得有一次我和父亲一起去碾麦，由于电厂要修理水轮机，就用一根大木棍斜斜撑住，修了一会儿，大家注意力集中在水轮机上，没有注意到水闸上的水满了冲了下来，水轮机猛地一转，那根大木棍就横着转过来，直直地撞在父亲的腰上，我父亲一下子倒在地上，很久很久都没法站起来。加工好的面粉我只好挑一半回来再去挑，父亲挂着扁担，一步一步艰难地走了两个多小时才到家。

加工面线最怕的是面线上好了要晒出去却碰上下雨，因为上好的面线时间久了，会垂下断掉。如果碰到下雨，就必须先拉长，再用木炭烧火来烘干。由于木炭价格比较贵，所以我们经常用其他木料来代替，用小麦梗做成的扇子，奋力扇着柴火。一小间的房子，经常浓烟滚滚，有的木料不易燃烧，呛得人实在难受。父亲由于长期劳累，身体大不如前，加上十二指肠溃疡，经常痛得手按着肚子，在地上滚翻。有几次他倒在地上，我们赶紧扶到门外，他过一会儿好些后又继续干活了。

父亲无论干什么活都非常认真细致，而且不遗余力，任何活儿到他手上都是那么服帖顺手。如开禁割山茅（每年安排三四次），是全大队男女老少人人行动甚至还叫很多亲戚朋友全力来帮忙的一件大活，家庭人口少的有劳力的一天就可割完，像我们没劳力的要割2—3天。在陡峭的山陇里割山茅是人人最为害怕的事儿，但父亲不怕，他很有办法，割起山茅，一手按着山茅中下端，一手挥着茅刀用力劈下去，一层一层，速度非常快，又很干净，山茅就像理发后一样齐整。我们通常是天刚蒙蒙亮就出发，我和二弟负责挑着山茅来回跑，远的一天两趟，近的四五趟。我最怕的是绑山茅，不是这边突出来，就是那边陷进去，而父亲却是三下五除二，一垛垛割好的山茅，左右有序穿插，用茅绳勾住木爪，用力一系，快速利索地一下子就绑好，笔担一穿就上肩了，非常紧实好挑。还有邻里乡亲有什么事和活儿需要他帮忙的，他都二话不说，主动去做，"乞丐无剩力""骨（勤的意思）力吃力，懒吞烂（津液）"是他挂在口上经常对我们说的一句话。

　　父亲一生勤俭朴素。我们几个弟妹出生后，他基本上都睡在地上，草席一铺，就是最好的床了。平时抽的都是农村的晒烟，有时也会叫我到代销店里买上5分钱11根的经济牌香烟，但他舍不得抽，如拿上一根来抽，抽一半就捏灭放着，下一次再抽。1971年秋他的十二指肠溃疡穿孔了，医生说要马上动手术，这是我父亲第一次住院。在医院时，天还没亮，我就到食品站排队，好不容易买来了半斤猪肝，煮给他吃，他只是喝下了汤，吃了几片猪肝，大部分猪肝放着舍不得吃，说要留给孩子们吃。一件旧棉袄，破了又补，补了又破，缝缝补补几十年，伴随着他的一生。

　　父亲有一颗宽厚仁慈之心，腰被支撑水轮机的木棍打成重伤，差一点要了他的命，他却是一笑了之，没有去索取任何医疗费用。我和邻居一个小孩在树下玩压日游戏时，地上的图案被另外一个小孩弄坏了，我抓他一把，那小孩就哭着跑回去，他的家长来了，暴跳如雷，大声叫骂，父亲知道后先拿起竹枝追打我，然后去向人家赔不是。他经常说一句话："我们如果被人家欺负了，可以吃可以睡；如果欺负了人家，那就会吃不好睡不好的。""文化大革命"开始时，批斗大队干部，让干部戴高帽游街，我也跟着人家，拿着一面纸旗，一路喊着口号。回来后父亲知道了，拿起竹枝追得我无处可逃，大声叫骂着："谁叫你这样做？你懂得什么！"

记得不知有多少个傍晚，他要我去叫外祖父来我们家吃饭。外祖父叫李承乾，是上田大队人，在抗战时期任过湖头登贤联保主任、六社社长、漳平县社会科员，个人的历史问题压得他永远低着头做人。在我的印象中，外祖父温良恭俭让，知书晓理通达。听我的舅父讲，他当时经常拿着大米等粮食送给贫穷的乡亲。碰到国民党来抓壮丁时，他买来酒食把管护的人灌醉，示意他人把锁砸开，把壮丁放走。有一次有个壮丁是独子，眼看第二天就要被抓走，他母亲来找外祖父帮忙，外祖父就去把接兵的官员请来喝酒，一直喝到天快亮，还私下拿了一些银两和一把非常贵重的日本雨伞送给接兵的官员，这儿子天亮后就被私下放走了，他母亲抱着一只母鸡硬是要送给外祖父，外祖父不但没收，还倒了一斗米让她带回去。又有一次，外祖父有个堂弟假他的名义去福寿村向一个加工米粉的人要了 10 斤米粉，事后外祖父知道了，严厉斥责他的堂弟，并当场付给 10 斤米粉钱，所以外祖父在乡里不拿任何一点东西是出了名的。对外祖父，父亲是非常敬重的。由于外祖父受管制，出门行走不是很方便，我父亲总是每隔一段时间就煮点好吃的东西，让我去把他叫到家里来吃，吃完坐会儿，我又送他回去。

父亲一生受尽挫折，爱子女胜过一切。我三弟出生后，父亲非常盼望能生个女的，结果生出来又是一个男的。再盼，生出来还是男的。到了第六个好不容易生个女儿，但不久又遭受不幸，父亲极度悲伤，好一段时间精神不振，呆愣愣的。有的人看到我们家男孩子这么多，生活又这么艰难，就一再做工作想要把三弟过继过去，还有我们经常在街道上卖他面线的那户人家的堂弟生了几个孩子都是女的，很想把其中一个和我六弟对换，但父亲坚决不肯，说我们再穷再苦也不能卖儿子，一枝草一点露，有头壳不怕没纱帽，子女是父母的心头肉，谁舍得呢？

父亲住院 5 天之后，仍不见有什么好转，父亲说还是回去吧，在家里省钱，方便些。回去后，我们四处打听，请土医生来看。听说惠安有一个专门治白血病的医师，我们视为大救星，就请他来诊治。他带来的是几包已经捣烂的中草药，搅汁拌蜜和着第一遍淘米水喝。据了解，其中有白花蛇舌草、半边莲、半枝莲等几味主药。两天后，医师说这次来的钱先付给他，他要回去采药，结果是一去不回。半个月后，父亲的病情更加严重，这时再用板车拉到湖头医院住院，吊瓶点滴后，白细胞又剧增至 24 万，医生也无可奈何。那个时候，什么是血癌，人们还不太理解，得了癌症心里也没感到什么恐惧。又住了 5 天后，父亲一再坚持要回来，这时他想到的是在医院要很多费用，回去再调理，忍一忍，看能否恢复，毕竟还年轻，才 47 岁。此时此刻，父亲想到的是节省费用，想到的是已经夯好的两节墙怎么再加高上去，想到的是这一个个还未长大成人的儿子的日后生活，他全然不相信命运会对他这样残酷无情。去世前一天上午他突然好起来，下床走到走廊边的一条石板上坐下来，看着门外阳光照耀的晒谷坪，挂满鲜红荔枝的荔枝树，那是何等的充满希望，他始终感觉拖一拖，过一段还会好起来。但是，这仅仅一会儿，我们不知道这是病人回光返照的迹象，下午父亲就开始发高烧了，手上、脸部、头部都冒起了血泡，进入了呻吟垂危的状态。

7 月 2 日，即农历五月二十三日，这一天下午 5 点多，父亲就这样坦然地带着他一生那朴实的希望走了。按照农村的习俗，儿子没有长大成人的不能竖墓碑，而且出葬要在下午傍晚的时候。我们就在离村里最近的一个山头上找了一处干燥不会潮湿的地方作为墓地，买一副最普通的棺木，用最简单的方式安葬了父亲。当我和二弟从这间昏暗房屋里的床上，抱起一生极少在这张床上睡过、而如今却安详地在床上睡了一夜的父亲，往门外走廊上的棺材里放入时，当听到盖棺盖时砍柴刀钉上铁钉的"当当"声音时，这才最真切地体会到什么是生死离别，什么叫痛不欲生。我们兄弟几个护送到山上，下葬后回到家里已经快天黑了。这座山，曾经是父亲无数次从这里经过，再爬上南边的大山上割山笔的必经之地，而今，他却静静地躺在这里，凝望着来往的行人，凝望着我们全家人的今天和明天。

　　5年后，我和拾骸人员一同前往父亲的墓地，把父亲的骨骸拾起来装在一个从街上买来的瓦缸里，在盖里用毛笔写下父亲的名字和去世的时间，然后在原墓地旁另找一处干燥向阳的地方安放着。父亲逝世至今已40多年，每年清明节我们兄弟、妹妹都坚持上山去扫墓。每年去时墓前墓后草木都非常旺盛，我们都要带上好几把锄头、笔刀，到那里挥锄割笔草，修整两个多小时，清除掉杂草，培上新土，使墓地焕然一新。一切停当后，我们就在墓前焚上香，点上8根香烟（意为七个儿子一个女儿，每人一根），斟上三杯清茶，肃立在墓前默默地祈祷着、感应着、对话着。虽然每次上山干活大汗淋漓，但每次都感到一种从未有过的慰藉和自在。

　　父亲一生克勤克俭，吃尽苦头，与人为善，教育子女严格有方。他为了我们可以不顾一切，直至豁出生命。现在我们懂事了、有能力了，却不能尽我们的孝道。我们常常对天发问，为什么苍天这么残酷、无情，为什么不能让父亲再活20年、30年？平时，当听到有人喊父亲时，我的心头总是一酸，眼中湿着泪水。失父之痛，万古不劫啊！所幸的是几十年中，我不时在梦里看见父亲劳作的身影，再现与父亲在一起的情景，醒过来感到无比的安慰，有时还要回味好久好久……

父亲去世的第三天，大队通知我说，要推荐相当于初中以上文化程度、回乡参加劳动实践锻炼两年，且又是贫下中农的子女上大学，你符合条件，要抓紧报名，同时要交一篇参加"三大革命斗争"实践体会的文章，在贫下中农代表会上介绍并进行推荐。当时我还沉浸在父亲去世的悲痛中，又遇上了人生命运的新抉择。我怀着悲痛的心情，定了一下神，用一天一夜的时间写了一篇实践体会稿子，认真回顾总结了高中毕业回乡两年多来，自觉地接受贫下中农再教育，在农村的大课堂、大熔炉里，努力学习革命理论，在"三大革命斗争"中锻炼成长，积极做一个毛泽东思想宣传员的过程，有 3000 多字。在会上一读，就得到了与会贫下中农代表的一致赞许和推荐。会后几天，政审、鉴定、填表格等事项完成后，相关材料就送到了公社教革组。

1975 年 7 月 18 日晚上 9 点多，这是一个令人激动的夜晚。公社广播放大站广播这次公社推荐上大学的名单，其中有我的名字。我悲喜交织，眼里噙着泪水，假如父亲还在该多好啊。在这样的时刻，我还深深感念一位在福建师范大学当讲师的王章聘老师。他"文革"后下放到湖头中学教我们初二、高一两年的数学兼班主任，特别的年代结下了特殊的感情，他调回师大后多次来信，及时把了解到的招生信息提供给我们，盼望能听到我们的喜讯。广播站广播名单后，教革组又通知，被推荐的人还要写一份稿子，谈谈对上大学的认识，表明被选上或没被选上的态度，大学的招生人员还要进行面谈。当时，全湖头公社推荐的高中生很少，只有十来人，也可能是我的实践体会写得好，所以通知我到公社面谈时，一到公社，厦门大学招生人员就点名要找我，跟我谈了半个多小时，了解我回乡参加的一些实践活动，并要我填志愿时填报他们厦大中文系。两天后，我在边远的冬田里割稻，大队派人走了一个多小时山路通知我，下午要到湖头医院体检。我连忙挑着130多斤的稻谷回来。到家后换了身干净的衣服，又急匆匆地在下午两点半赶到湖头医院，到后马上量血压，一量是140/90mmHg，体检人员说血压偏高。随后，公社还指派专人去调查询问我外祖父个人历史的事情。

过了一个星期的7月24日晚上，湖头公社广播放大站又第二次广播，公布最后确定推荐上大学的名单。这一次，我的名字却没有了。这一夜，我心如火烧，一阵一阵的。坐在门口石埕上，遥望着天空中的明月，痴痴地追寻着行走的月光，嘴里喃喃自问，什么原因呢，为什么会是这样呢？第二天，我早早地起来，迫不及待地赶往公社教革组问询。据相关人员的透露，主要是我外祖父的社会关系和我血压偏高的问题。26日下午，我又不甘心，坐车到县城，想通过我们大队在县财政局工作的老干部苏扬柴去问一下县教育局。当时财政局在县政府办公楼的三楼，三楼的地板是铺木板

1975 年 8 月 24 日黄金定叔父写给我的信

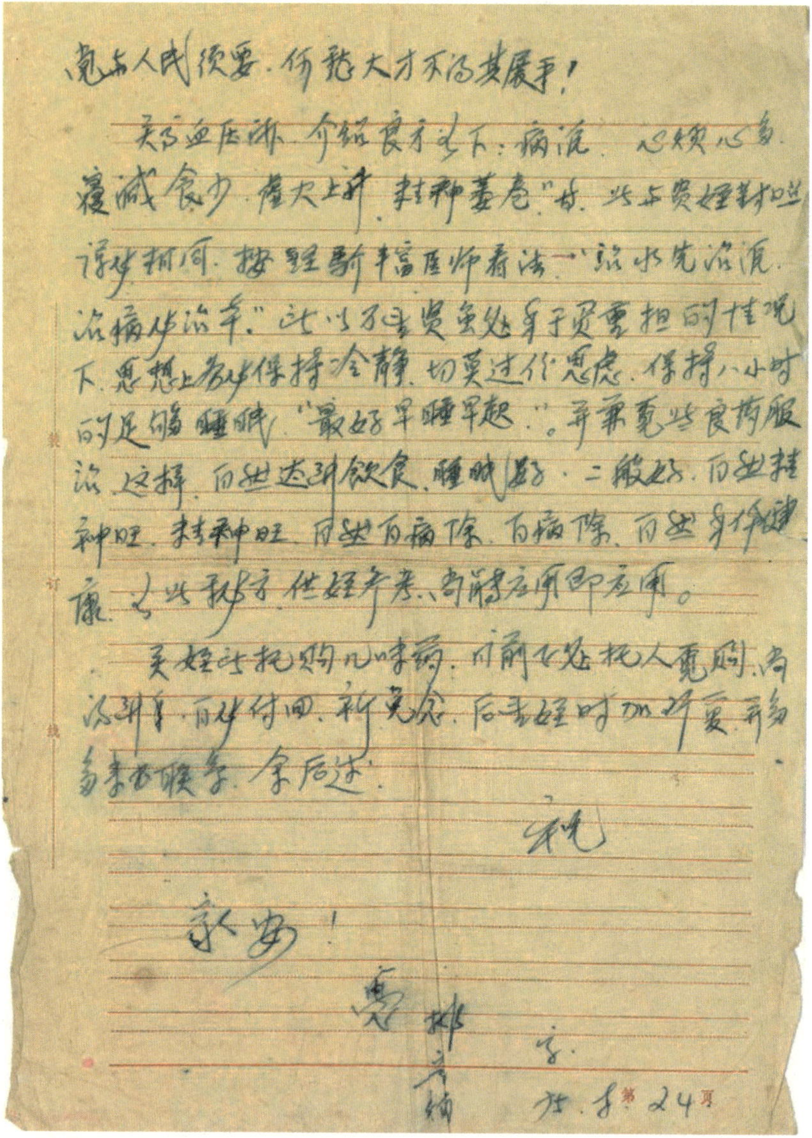

觉去人民须要，何愁大才不得发展乎！

关于血压病，今结合予以下：病流、心烦心多、寝减食少、庶大上升，若神盖虑"，其上贤经非担些误步翔阿。按经新丰富医师看法一"流水先治源，治病步治本。"此上不至觉盒处半于买票担的情况下，思想上应步保持冷静，切莫过作思虑，保持八小时的足够睡眠，"最好早睡早起"，并带觉些食药服流。这样，自然达到饮食、睡眠多，一般好，自然精神旺，精神旺，自然百病除，百病除，自然身体健康。又此秋乎，他经齐乎，心神石宁即无甬。

关娃去托购凡味药，可前让落托人寄购，尚沿涉事，日步付回，祈免念。后寄经时加详复，可步多寄去顺乎。余后述。

祝

永安！

惠 姚
光 写
楠 于

在丰第24页

1975 年 8 月 24 日黄金定叔父写给我的信

的，脚踩下去"咚咚"作响，其中有一间是安排机关工作人员住的集体宿舍，上下有 20 多个床铺，扬柴老伯说晚上宿舍里有空床，可以在那里休息。这一夜，我两眼发红，浑身热滚滚的，在床上躺着，手里拿着一张报纸不停地扇着风，万千思绪一齐涌上心头。为了能推荐上大学，我毅然辞掉了民办教师职务。"你小鱼不抓专想钓大鱼，你会竹篮提水两头空。"父亲的训斥话又在我的耳边响起。父亲的话有他的道理，我作为长子，下面有六个弟弟和一个妹妹，国用大臣，家用长子，我是要担起家庭的重任的。我这样不顾家庭去争取个人的前途是有悖时理的。翻江倒海思虑了一夜，始终无法入眠。为什么老天这么不公平，夺去了我的父亲，又让我丧失了上大学的机会！在这种极端无助、无奈的情景下，第二天我怀着悲愤的心情回到家中，自己安慰自己，明年再争取吧。经过这次挫折以后，我在生产队里劳动更加卖力了，只有这样，才能使心灵上累累的伤痛释放些、轻松些。

我万般无奈、十分茫然时，写了一封信给在厦门三航六处预制厂做工的黄金定叔父，倾诉我心中的苦楚。黄金定，是和我五叔父三兄弟结拜中的二弟弟，尚卿公社科扬村人，只上过初中一年，却靠自学颇通文墨，写起信娓娓道来，简明深刻又意义深远。8 月 28 日，我收到了他写给我的来信，信是这样写的：

宇霖贤侄英鉴：

驰念殷殷，心中如焚，正翘首云行间，忽琼笺飞至，展诵之际，如观丰仪。殷殷高谊，始知两地相思，笺中云及贤侄之遭遇，的确令吾辈垂泪盈襟。但千言万语，唯望贤侄放却一切思念，自珍少体，善事祖母令堂，以全孝道；教诲弟妹，振起先君基业，以尽其责。百凡诸事，谨慎三思而后行，尚有不明处，当禀明堂上，并与诸伯、叔父商酌。

关（于）升学一事，以贤侄英才，然当中取有余，

1996 年 4 月黄金定摄于浙江宁波

无奈些许坎坷，搁下程途。看来，有失贤侄所望。但以吾辈认为，尚且未必。按家计短长计较，如今，无升学还较好。但前途问题，以吾辈看来，亦无所损，何云呢？就使大学毕业后，下落如何？工作是否可达心意？等等，事事尚未可知。但目今，贤侄年龄青壮，才智过人，求知之心诚切，广访高贤，不骄不躁等的良好品格条件，何愁功不成、果不就，而对月长吁，望风洒泪呢？理当上进不欣，失步不恨，处逸乐而欲不放，遇苦难而志不倦。勤读古今之精著，甘闻四海之异议，一旦党与人民需要，何愁大才不得其展乎！

……

读罢金定叔父的来信，一时间我泪如泉涌，呜咽了很久很久。一个多月来所发生的变故和遭遇一下子随着泪水满肚子倾泻出来。这封信使久旱不雨的我得到了甘露的润泽，使人生遭受最大挫折，满腹愁闷、彷徨无主的我顿时拨开了云雾，看到了青天，有了生活的勇气和希望。40 多年来，这封信我一有时间就拿出来看，一遍又一遍，不知道看了多少遍，看了就总感受到父亲的仁厚、母亲的勤劳、祖母的慈祥、伯父的伟岸、诸叔父的亲切，他们在我的眼前浮动着，呼唤着，深情地期待着。

第五章　三中代课

　　金定叔父的来信让我的心安定了下来，从未有过的轻松和坦然。新学期即将开学了，我应该到三中语文老师潘保生那里坐一坐，因为他对我推荐上大学的事非常关注。潘老师已知道了这件事，所以安慰了我几句后，就脱口问我，你已经辞掉民办教师，没课可上，这学期我们安溪三中语文、数学、地理、政治等教师欠缺，要聘请一些代课老师，你来教初中毕业班的语文，可以吗？我一时愣了一下，笑着连忙摇着头说："不行，不行，教中学，我没这个能力。"潘老师看出了我的心思，马上说，你的语文功底不错，也当了一段小学民办教师，是完全可以胜任的，不要紧，凡事都要大胆去学。在潘老师的鼓励下，我抱着试试看的态度应允了下来，潘老师当即就去向学校党支部副书记张德良、教务处主任谢文秀推荐，得到了他们的一致同意。因此，9月1日，我就到安溪三中代课了。

　　安溪三中距离我们家四五公里，走路要40多分钟，是不能每天晚上都回家里的，必须住在学校里面。我先是和民办数学老师李瑞明两个人挤一间，而后又调整到和李启太、苏飞跃、蔡建明三位地理、数学代课老师一起住在一间大集体宿舍里。当时代课工资是 24 元，为了节省费用，我每星期回家都会带来一些萝卜干和咸菜，中午和晚上基本上是用自己带来的大米、地瓜在食堂的大蒸笼蒸，这样可以尽量少花点钱。

从小学民办教师到中学教初中毕业班语文，还要兼一个班的班主任，这跨越太大了。面对着这两个班 110 多名的学生，学生的思想又很活跃，管理起来不是那么容易。为此，我先去潘老师那里向他请教，并把备好的第一课教案拿去让他看看是否可以。他看了后，给我详细讲了哪些是重点、难点，课要怎么备、怎么讲，应参考哪些学习资料，板书怎么写，班主任工作怎么做等，我豁然开朗。遵照潘老师的指点，我笨功夫先行。首先用一个星期的时间，对全班 56 位同学逐一进行谈话，并把谈话中同学们提出的看法和建议汇总起来，召开班会进行通报，然后公布了几条下一阶段要严格遵守的纪律，着重在管理上下功夫。一些科任老师反映，有个别同学会在上课时做小动作。为此，我就经常在没有课程时到教室的走廊边走走，以观动静，敦促学生们自觉遵守课堂纪律。其次，在强调抓纪律的同时，我把全部重心放在提高自己教学能力上，这是我最薄弱也是最必需的地方。一是在吃透教材、认真备课上，虚心向有经验的老师和同年段的语文老师请教，主动多听他们的课，探索教学的方式和方法。二是到图书室、阅览室查阅大量相关资料来丰富教材之外的知识，提高课堂教学的效果。我在读高中时对语文学习特别感兴趣，就是潘老师每一堂课的旁征博引、生动有趣所激发形成的。三是每上完一节课后认真进行琢磨有哪些讲得不够的，以便在下一节课加以补充和完善。四是注重板书。一个老师的板书很重要，这代表着一个老师的形象，会对学生起到潜移默化的作用。我的钢笔字、黑板字就是在初二、高一、高二时，看到潘老师在课堂上精美的行书板书，边欣赏边模仿而练成的。第五，我对每两个星期学生写的一篇作文，都是在早上5点多就起床，逐一进行批改，而且还把每一篇中写得好的段落、语句以及错别字、病句一一分列出来，然后用一节课的时间进行讲评，以此来激发学生的写作兴趣，促进学生写作水平的提高。半个学期后，教与学有了较好的互动，我在学生中的威信就渐渐树立起来了。

当时三中的初中毕业班共有8

1975年我和陈敦衮老师的合影

1975年9月起我在安溪三中代课，担任初中毕业班语文老师和二班班主任。图为学生毕业合影（我为前排右一）

个班，4个语文老师，分别是陈敦衮老师、白帆老师、彭怀林老师和我，他们三位都是公办老师。陈敦衮老师是读漳州二师院的，毕业后分配到内蒙古包头任教，后调回泉州，在安溪三中担任年段语文教研组组长。他为人热情好客，乐于助人，生活朴素，教学非常认真。他看到当时各大队附中的语文老师几乎是民办的，手头教学参考资料极少（当时教师教学是没有教参的），因此提出要编辑一下教学参考资料发到各个学校。他总是赶在教学进度之前，加班加点到深夜，编好了每一课的教参，立即拿给我用蜡版镌刻，油印好了就及时发给各附中的初中毕业班语文老师。这个举动得到了各附中老师的好评，他们纷纷主动前来拿取，如获至宝。三中无形之中变成了湖头地区各附中初中毕业班语文的教参编印中心，也有力地促进了我们的教学。特别是对我来说，能够通过这样一笔一画、一字一句地刻印，算是事先学习，是再好不过的了，这样我在每一课备课之前有个深刻的印象，再按照自己的思考加以详尽的备课，大大提高了教学的水平和效果。

当时，教学上的目标比较单一，一本课本薄薄的，32课、6个单元。教育方针是德智体全面发展，走与生产劳动相结合的道路。每个星期要集中一个下午的时间到附近的大队去参加平整土地、围溪造田、挑沙石等劳动。我作为班主任，每一次都要带好同学，以确保劳动安全。

我在安溪三中代课时，在学校旁的田地上的留影

夜晚，奶奶经常坐在这棵大荔枝树下的石板上，给周围的邻居、孩子讲故事

　　记得 12 月的一天，天阴沉沉的，我们初二年段的学生到湖头公社"农业学大寨"的先进单位溪美大队参加开荒造田。这里有一大片地，要平整成一丘丘 5 亩的水田。溪美是我的家乡，我们的教研组组长陈敦衮老师带了一架黑白照相机，我心头一动，何不顺便请他到我家为祖母拍一张照片？劳动了一会儿时间，我把事务安排妥后，就约陈老师来到了我奶奶家里。

　　我的奶奶叫李琛，1907 年出生。奶奶是我一生中最重要的一个人，我一生下来就和奶奶睡到长大。20 世纪 60 年代初，分家后，奶奶和四叔父、五叔父同住在一家。四叔父先是在福寿小学教书，后又被抽调去搞社教，参加县文宣队演出，弹琵琶。他在南安金淘、罗溪、马甲搞社教时，我当时读小学三年级，他写回来的信都是我一字一字念给奶奶听，然后又按照奶奶的话，一字一字写信寄给四叔父。四叔父如有回来，会有很多同事、队友来探访，每次他们一来，奶奶就马上叫我到街上去买些东西来招待客人。奶奶平时生活很俭朴，但一有客人、亲戚、朋友来，她都热情招待，很客气大方的。

奶奶生性温和善良，从未骂过、凶过任何人。18 岁的她嫁给我爷爷，一贫如洗，生了五个儿子一个女儿。伯父还未成年，爷爷就去世了，全靠奶奶含辛茹苦一步步硬撑着熬过来。奶奶住在东边护厝的最北那一间，两扇门可通外面。护厝隔成内外两间，外面一间作厨房煮饭吃饭用，里面一间作住宿用。奶奶的这一小间里，放着一个高高的盛稻谷的木柜，一个橱子，一张小桌子，两条长椅子，一张古老简易的大木床。奶奶经常说，木床是曾祖父留下的唯一的一件家产。在这张大床上，睡着奶奶、我和二弟。有时老姑母或者姑母来了也是挤在这张床上睡。4、5月间蚊子多的时候，经常摘一些蒲姜、麦草等在屋子里烧，把蚊子熏出房间外。要睡觉的时候，再拿一把鬃把用力打一打。有时蚊子没办法全部赶尽，还要再起来打好几次。房屋虽小，但伯父、父亲、三叔父、四叔父、五叔父他们经常挤坐在这里谈论事情，大冷天往往是七八个人挤在这张大床上，脚伸进那条补了再补的厚棉被里，一家人说说笑笑，其乐融融。在靠东边这块小桌子上，点着一盏煤油灯。当时煤油供应是一个人一个月一小两，而我四叔父、五叔父他们在外工作，煤油的购买就不成问题。我一吃完晚饭，就趴在桌上，在这盏煤油灯下做作业、念

我模仿诗集画的封面

书。经常读到深夜，影响奶奶睡觉，但不管怎么晚，奶奶总是一句话："很晚了，要睡了。"她从来不会起来阻止、指责我。记得1972年读高二的一个晚上，我赶抄一本从潘老师那里借来的贺敬之的诗集《放声歌唱》，从晚上7点半抄到凌晨4点多钟，整只手都酸麻了。我还模仿原书画了一个封面。正是在奶奶这里睡，靠着这一张小桌子和这盏煤油灯，才使我有机会读书，走进知识的海洋，涉猎窗外的世界。

奶奶小时候缠过脚，后来放开了，但脚已成型，走路不能快。她经常在逢年过节或是有什么盛事去高山大队姑母

1975年我祖母的留影　　1975年9月我的留影　　1975年12月我六弟苏明厚、七弟苏纪云和八妹苏新秀的合影

家、都贤大队老姑母家、同村的她妹妹家、她的娘家福寿等地方，一去都要住上好几天，最长的也有十来天。走到高山大队姑母家要4个多小时。姑母家坐落在湖头最高山峰的五阆山下，最让我不能忘怀的是每次去，姑母总用腌制的咸肉炒米粉，再煎上几个鸡蛋，非常好吃。姑母那里粮食生产较为充足，在福寿大队加工米粉的人经常挑米粉到那里卖，都是以2.5斤稻谷换1斤米粉的方式进行。还有，如要到都贤大队老姑母家要两个半小时，走到她妹妹、娘家也要一个多小时，这些基本上都是我陪着她去的。有一次去她妹妹家回来，遇到下大雨，溪中石墩水都满上了，我就背着奶奶涉水

走过来，奶奶很高兴，逢人就讲，我大孙儿会背我过河了。

奶奶与邻里乡亲非常和睦，有求必应。她身上有两样绝活使得乡亲们都很敬重她：一是如有人身上患带状疱疹，她用锅盖（木质的）、灯芯蘸菜油点上火给他熏一下，再用草绳烧灰拌丹红涂一涂就会好，而她从来没收人家一分钱；二是当时农村接生婆极少，奶奶会义务为人接生，她手脚快，接生的活儿做得很好，凡是周围的妇女要生孩子都来叫她，我们家，我和弟妹8个都是她接生的。邻里外乡不管谁来找她，不管认识不认识，她都非常热情，从不懈怠。人家需要的东西，只要家里有，她都舍得拿给他们。她还经常给我们讲爷爷去世时的情景。爷爷去世时是腊月二十九，家中没有一粒米，一家人围在爷爷旁你看我，我看你，不知道要怎么过年，后来还是向邻居借来了两斗米度过。奶奶虽不识字，但记性很好，很有人缘。经常晚饭一吃，就拿着一个小椅子到门口埕边或我们那棵八九十年的荔枝树下坐，手拿着一把自己用麦秆编织的扇子扇着风，周围的大人小孩都会围来，"琛官"长、"琛官"短，问个不停，那份亲切随和、轻松惬意，是世间难得的温馨。

可以说，没有奶奶，我就没有条件读书，就没有良好环境去见识人、学做人、懂道理，培养一种宽厚仁慈、温良俭朴、甘愿吃苦、待人如己的品格，是奶奶成就了我的今天，开启了我的未来。她融入我的生命中，我时时刻刻都会想到她……

　　记得 1974 年的五一劳动节，我们溪美学校老师加餐，每个人半斤米饭和一碗红烧肉。在当时，是不那么容易能吃到一块红烧肉的。我赶紧吃了几块，用汤浇着把饭吃完。因怕人家看到，就用一张报纸把剩下大半碗的红烧肉连碗包上，飞快地越过围墙（奶奶家和学校靠得很近），跑到奶奶家端给奶奶，奶奶喜出望外，一直说要我吃，但我一再坚持要奶奶赶紧吃，好把碗拿去还给学校。奶奶还是舍不得吃，就把肉倒在自家的碗里，然后把碗拿给我。我终于有这么一次机会把极不容易吃到的、也是我最爱吃的东西当面拿给奶

　　1996 年奶奶 90 大寿时，金定叔父、炳章叔父、五叔父、四叔父及五弟（从左到右）向奶奶敬酒祝寿

奶奶 90 大寿时和我的合影

奶吃，那种感觉、那份情感是终生铭记的，每每想起，心里永远是美滋滋的。

奶奶一听说我今天带来了三中两位老师，非常高兴。由于临时来，来不及去街上买东西，她就用花生油炒米粉，再炒些花生拌地瓜粉做花生羹作汤配。湖头米粉是用传统手工加工的，非常细嫩，加上奶奶炒米粉的特别功夫，使得陈敦衮老师赞不绝口，说是他来湖头任教吃到的炒得最好的米粉。在以后的任何场合，一说到炒米粉，他都会一再称赞我奶奶炒的米粉最好吃。

在三中，我教的两个班有十多位来自边远山区和相邻金谷、蓬莱公社的学生。我经常利用吃晚饭后的时间和他们一起聊聊，打打乒乓球、篮球，建立了深厚的感情，毕业时他们一再要求我和他们合影，并署上字"我们在一起的时候"。我还经常利用课余的时间，去拜访学校其他的老师，因为这里面有很多是我高中毕业后新来的老师，他们对我都很好、很关心，在教学方面给予我很多的指导，让我时时感受到在学校的温暖和幸福。到期末，学生临毕业前，我们全年段的老师都要分头到各大队了解学生的家庭情况和社会关系，征求大队党支部对各位学生是否可以上高中的意见。我被安排到较边远的湖上点飞亚大队。从三中到该大队要爬两个小时的山路，在飞亚我住了两个晚上，对五位学生一一进行走访，和党支部研究确定后回来向学校汇报。当回来听说我们班有个湖一大队的学生，因其父亲在农村中为人办丧事的职业问题而被卡住不能升学读高中时，我立即去找学校

我在安溪三中代课时同部分学生的合影

在安溪三中代课时与我教的初二（1）班毕业生合影（我为前排右四）

教务处。他父亲的问题属于一般的问题，不是什么阶级阵线的问题。在我的据理力争下，学校同意该学生升入高中。这同学后来考入厦门化工学校，毕业后分配到工厂，成为工厂的骨干，并走上了领导岗位。

第六章　参加高考

暑假过后，新的学期又要开始了。正当我准备再到三中代课时，原来我们溪美小学的校长刘子坚来到我家里。这学期溪美小学要办附中，需要老师，他说：你和苏飞跃（他也在三中代课教初一数学）都是本大队人，要回来担任语文、数学两个主科的教学，你们在三中是代课身份，回来可以解决为中学民办教师。我一想，是啊，如不是高中刚毕业出校时刘校长的安排，我怎么能到小学来担任民办教师呢？而这也为我到三中代课提供了一个很好的基础条件。现在他又来找我、要求我，我应该回来为本大队服务，而且在家里，费用也省，又能做到金定叔父信上所说的"善事祖母令堂，以全孝道，教诲弟妹，振起先君基业，以尽其责"。这是一项一举多得的美事，何乐而不为呢！

万事开头难，没有亲身经历过是不知道的。首先是教室问题。我们大队原来的小学校舍，是借用 20 世纪 50 年代县商业部门为备战而建起的一栋冷冻库的办公和住宿场所，教室也不标准，四年级、五年级两个班级还是在冷冻库大门外两边围起一个地方做教室。后来，大队为了解决校舍问题，就在比较靠近山边的地方建起了一座很简易的校舍，屋架上的木料都是大队组织人从山上的松木林中砍来的。我们就在大门两旁的两间教室作了粗粗的草土粉刷，把教室安排在这里，还特意做了 25 副比较宽大的桌椅给初一年级用。

教室安排后，接下来是招生报名。五年级的学生是 46 位，按照大队的意见，有 4 位是不能进入初中读的，主要是成分问题。知道我从三中回来，又担任班主任，这 4 个同学的家长当晚都急切地来找我，一再要求让他们的子女读书。这时我们隔壁的湖一大队也有两位因成分问题而不让在三中读

冷冻库的走廊，用土坯围起来作为五年级教室

书的学生的家长，托他们在我们大队的亲戚来要求。望着这一双双恳求的眼睛，我反复地思忖着：是啊，他们的成分是高些，但这是他们家庭的事情，跟孩子没关系。此时是晚上10点多了，一种认为不是什么大事，也不是什么政治问题的朴素想法，一下子催促着我，要立刻去找刘子坚校长。我说，这6个学生虽然家庭成分高些，但不是他们本身的事情，总不能把他们读书的权利也给剥夺了，而且附中又办在我们本大队，学生数还不满50个，是不是可以先让他们报名来读一读？如果上面有什么规定要求实在不能读的话，我们再退回去。刘校长听了感到有道理，当场就说："好吧，就按你的意见试试看。"就这样，这6位被认为有成分问题的学生的读书问题得到了解决。我连夜叫人一个个通知明天早上来报名。此时此刻，我深深地吸了一口气，心上的石头终于落了下来。回想这一段时间以来不断发展的新形势，我才更加佩服父亲，当他看到我跟着别人批斗"四类"分子、走资派的时候，拿着竹枝追打我，还经常煮点好吃的东西请外祖父来吃，这种思前顾后、平等待人、与人为善的思想、眼光和善良、朴实的本质，是多么可贵啊！

开学一个星期后，中国人民的伟大领袖毛泽东逝世，全国上下举行哀悼，我们初中一年级，也组织学生到湖头电影院参加悼念活动。

为了加强对群众的宣传工作，大队就在大队部通道的对面，砌起了一道20多米长、2.5米高，可以贴上16张大毛边纸的宣传栏，计划两个月出一版，并把这个任务交给了学校，学校又把这个任务交给了我。这是一处很显眼、面积又很大的宣传阵地，一定要办好，办得清新、美观、好看。但两个月一期，工作量是很大的。首先要查阅很多报纸、材料，选定内容。其次是要考虑横批的大标题和左右两旁的对联。再次是每一篇文章的布局、衔接。最后是抄写。我买来大张毛边纸和墨水、五色颜料，经常是利用星期六、星期日的晚上时间抄写，完成后再拿点地瓜粉，开水一冲做糨糊，粘贴在宣传栏上。这一专栏开办了，清新的内容，五彩的搭配，各种文体的安排，可谓是一道亮丽的风景，不少群众和过路行人都会在这里驻足看一看，了解党的方针政策、时事政治、科普宣传、农业科学技术运用等，这对宣传群众、鼓舞群众发挥了不小的作用。

10月中旬，是采松果的最佳时节。每年学校都会在这段时间组织四年级以上的学生上山采摘，勤工俭学，搞点收入。担任五年级语文老师又兼班主任的林建宁老师，年纪较大，走路比较慢，我每次都特意跟在他后面，以便更好地照看他。他虽然只读到高中，但天文地理、人文历史，侃侃道来，不假思索，非常通晓。我首次参加高考的历史、地理，就是利用晚上的时间，请他给我讲一讲去应考的。他对诗词更是精通，一路上，他讲的都是李后主的《虞美人》、屈原

溪美附中语文老师林建宁

我和林建宁老师的合影

的《离骚》、白居易的《长恨歌》，李白、杜甫、陆游、苏轼、曹操等诗人的名篇，一句一字吟诵出来并加以解释。当我们走到一处高地，坐在一块大岩石上歇息，远远地眺望着东南方的群山时，他突然放大了声音，用闽南话意味深长地吟诵着李商隐《夜雨寄北》的诗句："何当共剪西窗烛，却话巴山夜雨时。"并解释剪西窗烛的意思。此情此景，年轻的我深深地感到，今天我们两人有幸来到这里，恐怕今后是很难有第二次这样的机会再来此地促膝倾谈、欣赏诗词的。是啊，人生如流水，一去不复返，这一个个共剪西窗烛的际遇一定要好好地珍惜、珍惜、再珍惜！林老师广博的才学让我深深感受到一个人自学的决心很重要。在他的循循善诱、掏尽心力的讲解引导下，我的学习古典诗词的浓厚兴趣一步步得到了激发和促进。

林老师对工作非常认真，生活上也十分严谨。记得我在湖头文化站，将要去永春大专班读书前十来天，他知道我要去念大专了，特地来湖头文化站找我，我刚好不在，到县文化馆去了，他就托一个学生拿了1元3角2分钱给我。说是他春节前曾来文化站借了《自然科学大事年表》《第二次世界大战简史》《"文化大革命"期间出土文物》这三本书，由于夜间放置窗台上而致遗失，他特地去新华书店问明价格，三本分别为6角、3角4分、3角8分，共1元3角2分，托学生拿给我以作赔偿。三本书可谓是微不足道，但在他的头脑中，借归借，丢了就要赔偿。林老师虽然没有直接教过我，但在工作上指导我，在生活上引导我，在人生道路上教导我，时时处处都是我身边最直接的老师、最好的导师、最难得的恩师。

转眼间，到了12月份，由于国家处于特殊时期，原于7月份推荐上大学的时间推迟到这个时候。这一次，大队以原有的方式再次推荐我作为上大学的人选，而我上大学的愿望已经不再像去年7月那么强烈，金定叔父的来信使我明确到自己肩上的重任。历史的车轮是向前的，好的机会总不能让你一个人一直占着。据了解，当时公社在讨论时有两种意见，一种是去年已推荐过一次，这次要轮到别人；一种是既然大队再推上来，那就看"社来社去"的名额要不要。"社来社去"，是当时在本地区招生的一种特殊方法，类似于中专生，即从哪个公社推荐上去，今后要回到哪个公社工作。他们把意见转达给我后，我抱着无所谓的态度说，"社来社去"还不如在本地当个附中民办教师。第二次的大学推荐就这样悄无声息地过去了。

快放寒假了，春节即将来临，这是党中央粉碎"四人帮"后的第一个春节。学校和大队决定要营造热烈的气氛，由我负责组织排练一台节目，在春节庆贺一下。由于有了以前几次排练的经验，这一次就比较轻车熟路了，我们经过探讨，要在演出的质量和效果上来一个大的提升，安排了歌舞、快

溪美附中

板、相声、南音、小戏等丰富多彩的节目。为了增加演出效果，我们还排练了一个20分钟的小话剧《水上交通站》，我也自告奋勇地上演了节目中水上交通站站长李振江这个角色。春节前两天，公社党委副书记林元祥到我们大队检查工作，大队党支部汇报了要排练一台节目在春节演出的事情，这引发了林副书记的兴致。今年的春节还没有听说有大队在排演节目。他当即就指定我们要在正月初一下午到湖头影剧院演出。我们的心一下子紧张起来，在我们大队演出还马马虎虎，要到湖头影剧院这么大的地方演出还是第一次。我们既兴奋又紧张，不过我们也认为这是一个很好的机会，可以到大的场所历练一下。林副书记的肯定和赞赏，一下子壮了我们的胆，使得大家在演出中信心百倍。初一下午，湖头影剧院 1000 多个座位坐得满满的，两旁及中间、后面走廊通道都挤满了人，他们在观看中不断地发出称许的声音。此次演出后，我们还应云林大队、美溪大队邀请，前往他们大队演出，深得广大群众的好评。

回想这一次演出，能有这么好的效果，我们要特别感谢安溪三中文艺宣传队队长翁宜航老师，他得知我们要排练一台节目在春节演出，就主动说要来帮助我们排练，还要做我们的导演；音乐老师白帆专门前来做音乐的伴奏，以增加后台的音乐效果。白帆老师的手风琴拉得非常好，悠扬的琴

我和音乐老师白帆的合影

声使得每个晚上的排练都围观着好多人，给山村带来了别样的生机和欢乐。从排练到演出这段时间，每天晚上都是翁宜航老师骑着自行车载着身背手风琴的白帆老师来，11点多再回学校。这就是我的老师，他们对自己的学生能在农村组织演出这一小小的事情上，是这么不遗余力地倾注着感情，无比关怀，无私地奉献！

白帆老师是福建师范大学音乐专业毕业的。他声音洪亮，为人朴实，教风严谨，教学时特别注重基本功的训练，我的音乐基础的奠定、兴趣的培养和看谱、唱歌的技能，可以说是在他的严格训练下形成的。他后来由于家中发生了一些变故，就申请调到厦门杏林灌口中学。我常常利用出差的机会去拜访他，每次去他都非常客气、热情，一聊起来常常一两个小时。他退休后住在灌口中学，经常去海边游泳。每逢新年都给我寄来贺卡。记得1994年12月25日，他寄来的贺卡中是这样写的："忘不了，农家舞台同欢乐；忘不了，三尺讲台共切磋；忘不了，穷途之末送温暖；忘不了，你的真情胜长河！"到以后有手机了，他就在手机上发来短信致贺。这浓浓的师生情，这厚厚的师生意，时时给我以无尽的牵挂和感动！

到了4、5月间，春夏之交，气候多变，可能是我身体着凉而造成了腹泻。上午上课时，没一会儿就要拉一次肚子，下午没上课，就拉得更厉害了，最后拉出来的都是些白色的黏液，感到整个人都要虚脱了，连站起来也没力气。我躺在床上，整个肚皮和后背都快贴在一块了。此时，我忽然想到桌上有一套刚从新华书店买来的《实用中医学（上、下）》两册，就赶紧拿来，对照自己的症状，按照书上所列的方子写了一剂药方，去大队部旁的合作医疗站买了回来，放在大牙缸里，向老师借来一个小煤气炉，煎了半个小时后，把半碗多药汤倒出来喝下去。真有效，一会儿工夫肚子就不痛了，不再拉了。一剂才几角钱、十多味中药的方子，竟这般神奇，中华中医药真是伟大啊！

7月初，初中第一学年就要结束了。我和飞跃老师一起认真地研究并撰写每个学生的《学生情况报告表》中的政

我和曾共同担任溪美附中初中毕业班科任老师的苏清泉、苏飞跃、苏乌英（自左起）一起合影

溪美附中初二年级的学生成绩表

治思想表现，和政治、语文、数学、农基、物理、化学、体育、音乐、外语、历史等科目考试的成绩。放假后，我们俩分头用三天时间挨家挨户发到每个学生家中，向家长介绍该学生的主要优点和不足，征求家长对学校和老师的意见，以便新学年更有针对性地教学和工作。这三天深入每一个学生家中，同家长面对面汇报交流，深受家长们的欢迎和称赞，学生们感到非常高兴，我们也感到特别的舒心和快意。

7月中旬，学生放假了，但学校通知，我们湖头公社各学校的老师要集中到湖二大队的阎湖小学，参加为期20天的暑假教师集训班。学校要我配合有关人员负责一个这40多个老师的集训班的讨论记录和开会、看电影等活动事务的安排。这些老师中有的是我小学、中学的老师，有的是在湖头地区很有名望的老师，他们要学文件，然后对照文件写体会，还要在小组会、大组会上汇报交流，每一天都安排得满满的，很紧张。我在心中暗暗下决心，一定要尽最大努力把工作做好，把活动安排好，把他们照顾好。有一个晚上，看了《朝阳沟》电影回来，有的老师说肚子饿了，是否炒点湖头米粉吃吃。我们就赶快去弄来米粉、豆芽、花生米、花生油等。开始下锅时，先把花生米爆炒一下倒出来，再把豆芽也炒一下倒在一边，然后倒入花生油加入

葱头炸一下，铲一部分出来放着，接着就在大锅里下了水、酱油，等水烧开了再把米粉放进去煮一会儿。米粉快熟透、水快干时，再把豆芽放进米粉里一起拌，再把刚才倒出的葱头油往锅边四周倒下去，盖住锅盖灭掉火，让米粉焖一下，再撒上爆炒的花生米拌一拌。这样炒出来的米粉颜色美，既

在溪美附中和数学老师苏飞跃的合影

1977年底我骑自行车前往湖头车站，在公路上留影

松又透，豆芽脆、花生香，大家美美地吃着，赞不绝口。

正是这次让我有幸结识了不少老师，也学到了炒米粉的秘诀，了解了湖头米粉的加工程序和独特品性。湖头米粉是以福寿大队九十九间为加工中心的区域性产品。这里地处海拔1256米的五阆山的山脚下，泉水清澈，湍湍流淌，溪风习习。加工米粉有大米浸泡、磨浆、压干、水煮、碾锤、压条、煮熟、漂水、晒干等十多道工序，并经一天的发酵而成。独有的水质、环境和加工技术，使得集风、水、阳光于一体加工而成的米粉，色泽晶莹、粉条松韧、甘滑爽口、宜煮耐炒，含糖量极低（仅大米的十分之一），是深受人们喜爱、百吃不厌的上绝佳品，在东南业各国久负盛名。

1977年9月，新的学年又开始了。我们这一班升入初中二年级，成了毕业班，原有的五年级也升入初一了。溪美大队迎来了有史以来第一次开办初一、初二的特别时期。由于新建的简陋学校处在山坡边比较显眼的地方，师生的一举一动都在群众的眼中。初中就要有初中的样子，我们买来了一个小闹钟，叫家住学校附近的一位同学负责上下课敲钟。钟声一响，远远就可以听到。早上第一节课上完后，两班的同学都要集中在学校门口的小操场做广播体操和队列训练。哨子一吹，口号一喊，一派朝气和生机，使得不少群众路过时，都要停下来看一看。虽然在乡村，但在确保语文、数学、政治、物理、化学、历史、地理等科目全面开课的同时，音乐、体育、美术也在最简陋的条件下上得生动活泼。两个班一个星期2节的音乐课、4节体育课都由我担任教学。上音乐课时，我把中学学的那一套搬来，结合班级的实际，通过自学拉二胡，用二胡来带领学生试唱；每周从刊物上选出一首新歌抄在大毛边纸上，挂在墙上，要求每个同学都要学会。一到音乐课，同学们就兴致勃勃，放声歌唱，神采飞扬，也促进了其他科目的学习。为了丰富同学们的知识，我们还通过组织同学们勤工俭学，挣得一些钱，购买了《半个队长》《放牛》《特别任务》《儿童文学》《老实人》《禾场上》《雷锋日记》《斯大林格勒保卫战》等书50多本，让同学们传阅学习。我们感到，一个山村有这样的琅琅书声、嘹亮歌声、步调一致的做操声、上课前的说笑声、下课后的欢呼声、课外的争论声，是多么难得，又是多么的需要，师生充满着激情，充满着信心，更充满着希望。

1977年10月，组织学生勤工俭学买回的图书

10月23日，《人民日报》刊登了恢复全国高考的消息，一时间成为全国上下最热门的话题。但对于曾有过两度推荐却名落孙山的我来说，第一反应不是那么强烈。一是我年龄大了，如考上，毕业出来不就快30岁了？二是全国这么多人考，自己能考得上吗？希望是很渺茫的。但细细一想，这不也是一次很好的机会吗？能考上，最好，没有也无所损，心安理得。因此，我以平常心态去报了名。但考试是12月中旬，仅剩一个多月时间，考的5个科目，我又没有什么复习的资料。这时又听说在湖头电影院举办有600多人参加的补习班。我就赶紧去了解一下，原来纯粹是台中放着一块大黑板，老师在那里统讲，台下几百人在听，也没有任何的复习资料。我感到这样是不行的，因为我们学校里还有个毕业班，我是不能放下他们专门来这里听课的。我分析了自己的基础现状。语文是比较有把握的，只要多看看，找三中语文老师探讨一下就可以；历史、地理可以在晚上找我们学校的林建宁老师给我讲一讲；政治，找一些材料自己复习；最薄弱的是数学，除了和本校的飞跃老师一起探讨外，还要尽量利用下课后和晚上的时间去找三中的数学老师指导，用最大的力气主攻这个科目。

高考到底何样，谁也说不上。当我在《福建日报》上看到福建师范大学艺术系要提前在全省招生，在各地区设考点，泉州考场设在泉州五中，考试时间在11月23日时，我

陈敦衮老师

顿时眼前一亮。我在音乐方面也很有兴趣，何不先去尝试一下？它考完离真正的高考还有二十来天。因此，我就调整了一下功课，和另一位考美术的老师一起去泉州报名。由于没去过泉州，情况不熟悉，我知道陈敦衮老师是泉州人，就去向他问询。他非常高兴，叫我们一定要住在他家里，他说他家离泉州五中不远，走路二十来分钟。这下我们去泉州考试食宿的问题就可解决了。11 月 18 日星期五下午，我们两人就从湖头车站乘车前往泉州。到车站后，我们就按照陈老师画的行走路线图，走了十多分钟就到了他的家。陈老师的家在聚宝街 34—36 号，在街面上看，没有什么特别，但一走到门前，就感觉到特别古朴、典雅且带着浓浓的书香。我们走进门去，陈老师的母亲早早地在大厅前等候着，她非常热情地招呼我们到大厅喝茶。陈老师的夫人元芳老师在学校里教学任务很重，她特地提前一节课回来煮晚饭给我们吃。由于要到 23 日才考试，这几天除了去熟悉考场外，其他时间都在陈老师家中复习做准备。晚上陈老师的五弟下班回来，也和我们聊得很晚，他五弟的知识面很广，很健谈，有关文科的知识和艺术的常识也知道不少。

23日上午，我们早早来到了五中考场。我报考的是福建师范大学艺术系（音乐专业），准考证编号为5—123。整个考场人数不多，笔试考的内容是写一篇作文。下午是面试，坐着几位面试官，每个考生当场演奏一种乐器、唱一首歌就可以。当时我是抱着去考一考，试一试高考滋味的心理，对是否能考上根本不在乎。后来听说，这次考试只有一人被录取上音乐系。

在泉州聚宝街34—36号陈敦衮老师的家，我和他的弟弟陈敦三夫妇的合影

　　这次去泉州陈老师家中住了 6 天，他们的家风，他们的为人处世，对我的震撼太大了。他们在"文革"中受到冲击，家里很多宝贵的东西被抄走，后来落实政策，有关部门提出要帮助追回时，他们始终坚决不要。陈老师的三弟敦三就是在这幢房子里日夜苦练疾书，自学成才，成为国际著名书法家。陈老师考上漳州师院中文系，毕业后，主动要求到边远的内蒙古包头支教，头部被砸伤后才调回泉州，到湖头中学工作。凡是学生有事去找他，他都二话不说，义无反顾地去奔忙、去帮助。这样坦荡无私的品性，待人胜过自己的精神，以及整个家族的宽容大度、良好家风的传承，在我的人生坐标上树起了一道永远的丰碑。因此，以后凡到泉州开会，再忙我都要挤出时间前往聚宝街上那幢门牌 34—36 号的房子前走一走、站一站、望一望，重温当年的那情那景。2012 年 1 月 6 日，在泉州参加政协会议的最后一个晚上 10 点多，我下意识地拿着雨伞，冒着霏霏细雨、习习寒风，前往聚宝街 34—36 号。回来即填了《南乡子·夜走泉州聚宝街》词一首："细雨晚来风，聚宝街中走一程。三六门牌前伫立，轻轻，笑语依稀在耳生。　　应考赴泉城，深受师恩一世情。上第书香催奋起，声声，从此心潮日日升。"2014 年 1 月 25 日，得知陈老师逝世，我前往泉州送别回来，即时写就了《踏莎行·深切悼念陈敦衮老师》一词："聚宝低徊，刺桐呜咽，老师敦衮长天别。音容笑貌宛然来，大寒无

1977 年 11 月 25 日参加福建师范大学艺术系音乐专业考试的准考证

1977 年 12 月 16 日参加高考的准考证（正面）

1977 年 12 月 16 日参加高考的准考证（背面）

语空心裂。　执教一生，倾情日月，孜孜不倦春风拽。为人如玉润千山，山山尽是芳菲越。"

很快，泉州回来十多天后，高考开始了。我这次报考的是文科，准考证编号为 1404—00406。12 月 16 日上午考语文，下午考政治，17 日上午考数学，下午考历史、地理（历史、地理合为一卷，100 分）。由于考生多，考室有限，我们一个考室是 60 人，30 个桌子，每桌坐两个人。都很自觉，谁也不敢随便偷看一眼。我当天从家里骑自行车去，速度快，到学校后浑身热乎乎的，一到考室，就进入状态，镇静自如。第一部分考的是默写毛泽东诗词《蝶恋花·答李淑一》；第二部分是填空：文艺批评有哪两个标准，《谁是最可爱的人》的作者是谁，杜甫、辛弃疾是哪个朝代的诗人，《三国演义》的作者是谁，《红楼梦》是哪个朝代创作的等；第三部分考古文翻译；第四部分考作文，《大庆见闻一则》的读后感。当时考的语文、政治、数学、史地，总分为400分。考的基本上是常识题，有不少是读过、复习过甚至教过。考完后，原认为最难的数学的题目也基本上都做了，并且做对了不少。其他科目，自我感觉也是不错的。

1978年1月28日凌晨5点多，我跟往常一样，早早起来加工做面线，准备到7点多再去学校上课。在我把面团搅拌好倒在地上时，天已开始放亮，这时就听到门外有一个人在连续高声叫喊着："苏宇霖，苏宇霖在哪一处？"妈妈在门口听到后赶忙回答"在这里"，听说是要找我的，就立即开门叫我。这时我正弯着腰在缠面，浑身白茫茫的，赶快直起腰打招呼。一看，来的人是湖头公社学区校长杨连居，他很高兴，说接县招生办通知，你这次高考上了初选线。我们全湖头文科只有两个人上初选线，你是其中一个，其他的没上，理科的剃光头。你要在今天内做好自我鉴定，经学校老师评议、大队党支部签署意见后送到公社，明天10点前还要到县医院体检。我简直不敢相信自己的耳朵，哪有这么好的事，是真的吗？但眼前学区校长早早骑着自行车赶来通知，这是真的。我异常激动地连说了几个好。但这面线做到一半，怎么办？刚好伯父闻声赶来，他会加工面线，就说："我来吧，你赶快去办吧。"我赶紧吃了一下稀粥，换上衣服，到学校把这个消息告诉校长，自己赶紧写好自我鉴定，请校长组织全校老师讨论做鉴定。经过紧张的一系列程序之后，在当天下午5点多，鉴定材料就弄好了送往公社。第二天赶往县医院体检，而这次体检仍是出现血压140/90mmHg偏高的状况。

这一年春节前后，湖头地区高考只有文科两个人上初选线的消息，一时间成为街头巷尾谈论的话题，我也感受颇多，内心有了些许的安慰。如果没有高中毕业后在学校教书，在教学上摸爬滚打，促进对知识的学习，如果没有这么多老师的辛勤指导，我哪来的知识去应考？如果没有党中央提出恢复高考，我哪来的这个机会？带着这份感动，我还是在思索着，要是能上大学最好，不能上在家也无所谓，特别是眼前毕业班的学生也面临着考试升高中的命运抉择呢。

在这一天天等待录取通知消息的情况下，不知不觉进入了新的学期。也可能是高考上初选线在社会上的议论，新学期初，公社教革组向我们学校提出，再过两个星期，要我上一堂语文教学公开课。这又是一场要炸开头脑的更重要的考试。我仅仅是一名附中民办教师，全公社公办教师，有名望、有水平的教师那么多，应该是由他们来承担，怎么会落到我头上？但仔细一想，也许是教革组想检验一下，我高考成绩不错，但我实际的教学水平如何。通知已经宣布，任务也已领回，赶鸭子上架是没有退路了。人是要争点面子的，怎么办，怎么办？我连续三个晚上无法入睡，反复思忖着。把全公社附中文科的 60 多位教师集中来听一堂初中毕业班语文教学公开课，这还是开天辟地第一次。

如果按照课文教学的进度算，刚好教到鲁迅先生的《藤野先生》，这是一篇难度比较大的课文，要讲好不容易，要让这么多人来听好更不容易。到了星期六下午，带着这个问题，我骑着自行车到后溪附中，想请教一下李金园老师，他是漳州师范学院中文专业毕业的，比较有经验。到了学校，他刚好在上课，我就轻轻地走到教室后面，拿一个椅子坐下来听。这一节他讲的是怎么写作文的课。我忽然灵机一动，何不来个辅导学生写作文的公开课？下课后，他请我到他的办公室坐一坐，我就开门见山地跟他探讨，如何才能上好这堂语文教学公开课。他很热情，给了我很多指点和建议。

在回来的路上，我边骑着自行车边思考，今天李金园老师的这堂课给了我一个意外的启发，我应该把公开教学的方向放在作文辅导上。写作文是大部分学生都感到头疼、也是教师感到棘手的一件事。避开课文讲作文，好！写作文是我的强项，比较有把握。但怎么指导，从哪里入手？让学生和听课者都有所收获，有一个全新的感受，这就难了。我在闷闷地思索着，细细地琢磨着，眼前浮现出在高中时潘老师辅导我们写作文的情景，回想起他讲《谁是最可爱的人》这篇文章为什么这么感人的写作技巧和语言运用。我头脑中忽然茅塞顿开，对于怎么辅导有了一个初步的构架：一是先审题；二是列出观点和纲目；三是讲究写作手法；四是语言的运用。那时刚好全国人大五届一次会议召开，春风吹拂，万象更新，农村涌现出许多新鲜的事情和感人的事迹，学生在生产队也参加一些劳动，对农村也有一些直接的感受，因此，我就在标题上来一个大胆的设计，时间限定在全国人大五届一次召开之后，标题自拟——记一件有意义或难忘的事，或记一个值得我学习、值得我尊敬的人，记人记事都可以，哪一方面有把握就写哪一方面；接着，引导学生列出简要的写作提纲，提出观点，然后用几个方面进行阐述。在写作手法上，启发学生用《一次难忘的航行》《一件珍贵的衬衣》《谁是最可爱的人》《一件小事》等课文的写作手法，不管写人还是写事，一定要以记叙为主，具体生动，在适当之处加些议论。我还找出以前学生写过的两篇较好的作文，准备作为范文提供给他们参考。在语言运用上，我特地把小学五年级、初中初一和初二的语文课本中描写人和事的优美词句、段落摘录出来，分门别类抄写在大白纸上，共6张，拟挂在黑板的右边，让同学们参考，从而达到温故知新、学以致用的目的。

经过一个多星期的紧张准备，4月1日星期六下午2时，全公社 69 位文科老师坐在临时调整的一间大教室后面。这是一间原来的冷冻库的会议室，刚好可以容纳这么多人。由于事前做了充分的准备，在讲的过程中又现场发挥得比较好，再加上同学的配合互动，从如何审题到列提纲、从表现手法选择到语言的表达与运用，环环扣紧，步步引入，进入第一、二个程序后，还请同学们站起来回答问题。整节课从开始辅导到学生自拟题目、列出提纲和主要内容、开始撰写，总共进行了 50 分钟。结束后全体老师还分两组进行讨论，给予了充分肯定和一致好评：一是今天的这堂作文教学公开课等于是给他们上了一课，因为很多人对写

1978 年 4 月我在溪美附中举行全公社语文公开教学的场地

作文怎么辅导还感到有些困难；二是很有创意，把学过的知识、语言融会贯通，巧妙地结合起来；三是按照这样教学，写好作文是很有希望的；四是难怪人家能考上大学，这能力不是随便有的。通过这堂教学公开课，我也深深感到：教学研究是无止境的，但不管怎样，只要有百倍的信心去对待，如饥

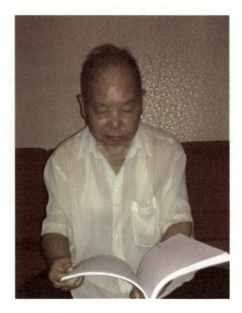

我的恩师李启贤老师

似渴地去学习，倾尽全力去努力、去准备，充分挖掘潜能，全面调动内在，那一定会有可喜的成效，甚至有的结果会是很出人意料的。

　　4月29日，公社教革组组织对各附中的初中毕业班语文进行统一考试。考完后，30日上午，集中到东方中学统一改卷。这一次我又有了一个新的差事：担任改卷组的组长。组长的主要任务是组织改卷，负责收集在试卷作答中存在的主要问题，然后组织评卷老师讨论、分析、找出症结，以便在后两个多月时间里及时补缺补漏，让学生考出更好的

我和李启贤老师的合影

成绩。这件事还是进行得比较顺当的，因为我正在教毕业班，情况比较清楚。到了 12 点半，改卷、评卷工作结束了，我吃完午饭后，沿着公路往回走。走到湖头永久大桥中间时，遇到了在半山小学任民办教师的李启贤老师，他对我的情况是比较了解的，一开口就问，去年高考你有没有接到录取通知？我说："没有。"他说最近报纸上又在公布 7 月份要进行全国统一高考招生的消息，你看到了没有？我说这我知道，但我认为自己年龄大了，现在又在担任一个初中毕业班的教学，没有时间专心去复习，而复习提纲里又有很多知识是没有学过的，加上几次的折腾，现在已经没有当初的信心和干劲了。启贤老师听了，一再鼓励说："你去年也没有多少准备，随便去考一下，还考得这么好，全公社就只有你们两个上初选线，这次再考不会差到哪里，一定能考上的！机不可失，时不再来，这次机会你千万不能错过，一定要抓紧去报名。"启贤老师的这番肯定又激励的话，使我这颗原本想放弃不再争取的心又重新躁动了起来。是啊，启贤老师说得很在理，人生有多少这样的机会！既然有这个条件，应该再努力去争取一下。在人生十字路口，关键时刻有贵人、高人给你点拨一下、指引一下，让你勇敢地向前迈去，这是何等的幸运和福气啊！5月1日上午，我赶紧拿了5角钱，带上从去年准考证上撕下来的照片，到公社教革组报了名，报考号是 1404—00749。

我原本想让其他三位年轻的老师较多地去准备高考，自己来负责总抓毕业班的工作，但现在，没有办法了，自己也要参加高考。我重新调整了一下计划，我们几个一边教学，一边复习，各自去索取复习资料，晚上再轮流阅览，讨论至深夜一二点。大家以极大的信心、毅力做到教学、复习两不误。经过刻苦的奋战，7月15日，通过考试，这一届毕业班有30多人考上高中，我们的努力没有白费，大家都感到很欣慰。但感到一点遗憾的是，由于我们紧张应付高考，溪美附中唯一的一届初中毕业班没有留下集体合影的照片。

7月21日上午8时，时过7个月，第二次高考又开始了。

这次仍然考语文、数学、政治、历史、地理，历史和地理由原来各 50 分改为各 100 分，总分由原来 400 分调到 500 分，英语要考但不计入总分。这一次，总体的题量比第一次多，难度也较大。记得语文的考试是给提供的一段文字加上标点符号，填最恰当的字、关联词，改病句，古文翻译和把《速度问题是一个政治问题》缩写成一篇 500—600 字的短文。数学是最难的，据说文科考生考三四十分的不少，我居然考了 50 分。由于历史、地理没能系统复习，我只考了 60 多分。酷热的天气，三天的奋战，终于可以长长地舒一口气。23 日下午英语一考完，一回家里就立即跑到溪里痛痛快快地游了 40 多分钟，因为这一段在备战高考，都顾不上游泳。站在大石头上往水中纵身一跳的瞬间，我忽然意识到：人生处处有考场，考试一个接着一个，就看你如何去应对、最大程度去考好它，因为这是连接你人生轨迹的每一个点，是成就你的命运的一颗颗闪亮的珍珠。

第七章　湖头文化站

　　高考结束后第二天，湖头公社党委副书记林元祥特地到我们溪美大队找我，说湖头文化站工作人员庄清波去香港，文化站没人，要我去湖头文化站，月工资 24 元。怎么事情来得这么快，刚考完，一口气还没喘，又有一个新岗位来到你面前？这时，我的考虑是高考成绩还未知晓，万一考上了，去这么短时间也是白折腾。林副书记对我是比较了解的，我组织的文艺宣传队到湖头电影院演出就是他决定的，因外祖父的社会关系，我的入党一直被卡着未能批准，大学未能被录取，他更是清楚的。他笑着拍拍我的肩膀说："大学如考上就让你走，没有考上就在文化站，我们了解，没有谁比你更合适。来吧，明天就来！"林副书记几句话把我的思虑都解开了，而且人生第一次竟有公社党委副书记这样的领导来到我的面前请我，我一下子被感动了，当场答应，第二天就去。

　　7 月 25 日，早上 7 点半，我早早地来到公社，林副书记带着我到了文化站，把一串钥匙交给我说，庄清波站长已经提前走了，这里就全部交给你了。湖头文化站，地点在湖头街道中心食品站后面的一座明朝时期兴建的庵堂里面。庵堂面积不小，屋架斜垂，瓦片开裂，一阵雨来，不少地方雨水直流。正门进来有一个较大的厅堂，厅堂后有一个一张床宽的龛子，向南有两旁对称的小护厝，护厝一旁有间 18 平方米左右的房子，接着有三间七八平方米的小房，这几间暂时是公社专案组的同志居住。这就是一处在湖头街道周围人人知晓的庵堂，是我要来接手工作的文化站。由于我是农村

湖头文化站（新庵）

长大的，对这样的环境还感到挺不错。我首先请来瓦匠工把屋顶破裂的瓦片修复一下，然后自己动手把厅堂、房间全部清扫洗刷一遍，再把阅览桌、乒乓球桌及其他桌椅擦洗干净，把所有的书籍整理好，按顺序编号放在书架上，把阅览桌上的报纸、杂志更新叠放。几天后就开始对外开放。从上午 8 点半到下午 6 点，除了外出开会、下乡外，其他时间都做到准时开放，风雨无阻。有了时间的保证后，一时间文化站人来人往，借书的、看书的、打乒乓球的特别多，成了街道附近人们看报阅刊、读书娱乐的一个最好去处。

湖头文化站阅览厅的一角

湖头文化站阅览厅外围

　　由于湖头文化站是全晋江地区四个公办文化站之一，安溪唯一的一个文化站，站里面的经费是由县文化馆直接下拨的，因此，有一段时间，我常会到湖头新华书店和县新华书店看看是否有新出版的书籍，有就赶快购买。同时还通过邮电所订阅20多种报刊，把阅览桌上的空位全部放满，以满足广大阅览者的需求。有时，一些读者还因白天上班没时间，等晚上下班了特地来文化站阅看，对此，我都不厌其烦，热情安排，并利用这个时间自己也多看点书，直到他们离开才关门。

　　8月中旬的一天，接县文化馆通知，要在全县招收木偶表演班和高甲戏曲表演班学员，湖头文化站设一个考点。报考的那一天，县文化局、文化馆领导率有关人员来到了文化站，他们一是想看看我这个新来的文化站工作人员，二是对所报名的两个班的人员进行面试初选。这一天来报名戏曲表演的特别多，有60多人，木偶表演的比较少，面试进行到下午4点多才结束。湖头自古以来是历史文化名镇，因此，那一天选拔的1名木偶表演人员和3名戏曲表演人员素质都比较高。局、馆领导来了，看到湖头处于平原地带，有34个大队，要下去开展文化工作，靠步行是很困难的，因此，他们就把县文化馆一辆日本产的破旧自行车，叫我牵去修一修，暂且用一用。在那个时代，能有一部自行车是很满意的事情，而且还是公办文化站才有，这样，要下乡到平原的大队就方便了。

8月底的一个中午，电闪雷鸣，风狂雨骤。我刚吃过午饭，又接到文化馆电话，要我去通知住在美溪大队的李树砥老先生，让他在下午5点前赶到县里去参加全县文艺创作工作会议。李树砥是一个什么样的人我不认识，时间又这么紧迫，因此，我赶紧披上雨衣，冒着大雨，骑着自行车驶过湖头大桥，到登贤开始一路问询，一直到了美溪大队旁的溪后渡口才问到。只见树砥老先生戴着眼镜在构思着他准备创作的长篇小说《赤脚宰相李光地》。听他介绍，他曾在1956年创作了中篇儿童小说《山林的儿子》，在上海少年儿童出版社出版过，我内心更感到对他由衷地敬佩。我跟他说明来意后，他非常高兴，这是他有生以来第一次有人到他家里来请他开会。树砥老先生赶紧带着些材料，由他的儿子陪着到车站，坐车准时到县城。

9月初的一天午后，母亲在街道卖完了面线，特地来文化站看我。她在屋里的四周走了一圈，坐了一会儿，喝了杯开水就回去了，一再叮嘱我一定要把人家的事情认真做好。母亲的到来，让我感到特别的温暖。本来我在大队附中当老师，可以利用点闲杂的时间，和我二弟一起做点面线，这一段时间，我来到文化站，家中的事务就全由二弟来处理了。事情说来也很巧，这一年秋季湖头地区各附中初中校撤销，我们学校初一和初二的学生全部并入慈山学校，我如没有来文化站也要到慈山学校，而慈山学校就在文化站的对面。

我母亲1934年6月24日出生，没文化，不识字。一生养育了七个儿子、一个女儿。由于家中穷困，以至在生后面这几个弟妹时，坐月子都非常的简单。生孩子的当天，炒些生姜，煎个鸡蛋，放些面线，半碗糯米酒，煮上一碗吃一下就算是坐月子了。到了第三天就要下床，提着一大篮的衣服去溪边洗涤，是没有办法休息的。记得生五弟时，是凌晨4点多，她正在推着石磨磨米浆。生六弟时，刚好吃完晚饭正在洗碗。四弟不到两岁时，患病严重，她背着他走好几里路去给邻里村医看，仍不见好转，因为没钱，没法到医院去，

1953 年 我 父
母亲的结婚照

到最后四弟只剩下一口气在抽搐着。我四叔父刚好社教请假回来，见此情景，三步并作两步，赶快抱着四弟到湖头医院，一检查，患的是急性喉蛾，非常危险，医生说再拖几个小时就喉咙肿胀没命了。没有四叔父的及时果断并支付全部费用，我四弟恐怕就没有了。

　　我母亲一生含辛茹苦，忍饥受饿，起早摸黑，勤俭持家，有难不怨言，有苦吞着吃。她每天早上 4 点半就起床，先把水缸洗干净，再到近百米远的水井挑 4 担水把水缸装满。水井近 10 米深，5 座大厝 60 多户人家都吃这口井的水，天一亮，就有很多人排着队提水。一小桶水从深井底系着绳子提上来，要 3 小桶才能装满一大桶。水挑满后，母亲就要提着一大筐的衣服去洗，然后再提着篮子去田里摘菜，晚上还要挑着水去浇这些菜地，日复一日，年复一年，从不间断。

母亲摄于 1999 年　　　　　　　　母亲摄于 2004 年

我父亲和以后的二弟加工的面线，大都是母亲赤着脚挑到
湖头街道中间那家开搭伙灶的店里去卖。我在三中读书时，
经常顺路把这三四十斤的面线挑到那里。街道这户人家叫
李进球，他家是专为山里挑柴火来卖的农民煮搭伙饭的。
李进球家后屋住的是他的叔母，叫脑官，这位老大娘 80 多
岁了，为人非常好，我母亲每次在这里出入时，午饭几乎
都是在她那里吃的。如果没吃，母亲也从来没有在街道上
花过一分钱，总是饿着肚子回来，家里如有凉粥凉菜，随
便吃一下，就算过一顿了。正是这样一分一厘积攒，一颗

一粒节约，我爸去世后，三间房子才能够盖起来。也正是这样，家中8个子女，除二弟外，其余的有三个读到高中，两个读到初中，两个读上大专，其中三个弟弟还分别去广东、江苏、福建连江部队当兵。

母亲性格温和，生性善良，宅心仁厚，深明事理，和睦乡邻，从未跟任何人口角过，更从未骂过人。我们做什么事，她从来不会过问，更不会随意指责，总是以一种正道、正确的观念在引导着我们，如有听到一些言语谈论，总是善意平实地私下提醒我们。她一再要求我们做人要诚实，做生

母亲摄于 2018 年

2009 年 10 月 3 日母亲留影于清水岩

母亲做 80 大寿时全家的合影

七弟结婚时，祖母、母亲和我们七兄弟全家及八妹的合影

每年清明节，我们兄弟、八妹和孩子们都到父亲的墓地祭扫

2018年11月我们七兄弟及八妹的合影

意要讲信用。她长年卖面线，从来是没带秤的，总是先在家中用干净粗纸包好，一包一斤、两斤，有较粗大的面线都要拣出来，十足的重量、上乘的质量，深得顾客的信赖，往往线面刚挑到店里，你两包、他三包，一下子就抢光了。有时几天没去，顾客就一直在打听，并交代哪一天要买多少。正是这一小小的面线加工（当时大队工作组陈珠盘组长看到我们家人口多，家庭特别困难，特地准许全大队两户可以加工面线，其中的一户就是我们），解决了我们全家在最困难时的生活来源。我母亲平时最看重三件事：一是清明节给我父亲扫墓；二是每年农历五月二十三父亲的忌日，她总是早早就准备好纸钱、香、茶及供品，提前几天通知我们几个在县城工作的子女，在那一天回去；三是每年春节前的两三天，她会买来一些食品，煮一些我们小时候极爱吃的红烧肉、面条、炒米粉等，以原有大锅饭的方式，把全家人都叫来聚一聚，提前吃个团圆饭，以此来加深对父亲的缅怀，重温孩时的记忆，珍惜在一起的兄弟情，其实这也是对家风一种无形的传承。我母亲是一个普通的农村妇女，但她又是一个了不起的农村妇女，因为她不仅生养了我们，而且用真挚无私的爱，哺育着我们长大成人，培育着我们拥有一颗善良、仁厚的心去生活，去工作，去步步前行。

到了文化站，我深深感到，文化工作单靠一人是远远不够的，要更多地发动和利用文艺骨干来共同做好，同时还

林中漾挚友

要开拓思路，充分运用有利条件，因势而为。为此，我集中一段时间，广泛走访拜会老艺人，唱南音、编谜语、搞音乐和文艺创作的能手等，和他们座谈交流，通过他们了解群众对文化的需求，发挥他们在群众文化工作中的作用。出谜语能手林中漾在湖头医药公司工作，几次登门拜访之后就熟悉了，而后他也经常来文化站。1979 年春节，整条湖头街道的谜语就是他一个人用了一个多月时间创作的，从开始创作到春节挂出，他放弃了与家人的团聚，没有拿取一分钱的报酬。在同南音爱好者交谈中，我了解到群众对南音普及迫切需求，但那时曲本是很难拿到的，我就从县文化馆拿来了一本南曲集，自己刻印。但一本四五十张 8 开的白纸就要好几角钱，全公社每个大队两本，加上公社机关的，要上百本，这需要一笔不少的费用。对此，我在一次看电影时发现，电影海报仅仅几句电影内容简介就有很多人在看，当时一个晚上两场的电影票通常是卖得光光的。何不刻印一张详细的内容简介提供给观众，在放映前后让他们仔细阅读，以对电影内容更全面了解？一张大白纸，裁为 32 张，每张只收 1 分钱，这样一个晚上如有 200 张，扣除纸的成本后就有 1 元多钱的收入，一段时间后，要印这些南曲集就有经费了。果然这个主意很奏效，有时一个晚上能卖 300 多张。经过两个月来的积攒，已有 40 多元钱，我就用这些钱买来了纸张，日夜加班刻了 20 多天，除了原有的《山险峻》《长台别》《望明月》《夫为功名》《因送哥嫂》《八骏马》《梅花操》等 20 多首传统名曲外，还刻上了《歌唱新宪法》《世世代代怀念毛主席》《台胞夜梦周总理》《送喜报》《闹春耕》《庆丰收》《赏灯》《举国上下学雷锋》《买卖婚姻不合理》《山村新貌》《茶乡风光》《月是故乡明》等 20 多首现代新南音，这样有新、旧 40 多首的南曲专集终于在春节前全部刻印好，通知各单位来领取，一个下午就全部领光，有的还一再要求能否再给一本。这在当时，对推动各大队春节南音活动的开展，可以说是非常难得的及时雨。同时，我还从当时的《银幕歌声》《音乐生活》《电影歌曲选》《群众音乐》等各种杂志上，精选刻印了有《解放军同志你停一停》《四渡赤水出奇兵》《西沙，我可爱的家乡》《草原之夜》《山中的凤凰为何不飞翔》《人说山西好风光》《敖包相会》《蝴蝶泉边》

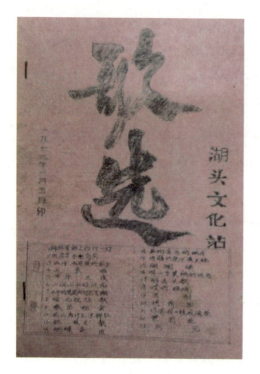

1979年春节前刻印的南音曲本

1979年春节前刻印的南音曲本

《丽达之歌》《绣荷包》《茉莉花》《婚礼祝福歌》《月光》《送别》等23首内容的《歌选》100多本，分发到各单位、各大队、各学校传唱。这些完全是凭着自己的一股热情和冲动，应群众之急、社会之需尽力而为的。

文化站在基层是一个不起眼的小单位，要做的事情也没有数量的限定，在一般人的眼中，似乎作用不大，但在社会文化的舞台上它的主角地位是不可或缺的。为了参加1979年元旦全县的文艺调演，我找了5个比较有表演能力的文艺宣传队，和他们一起商量确定节目，排练中还要去观看指导，最后确定了三个节目前往参加，都拿到了很好的奖次。春节快到了，这是党的十一届三中全会召开后提出把全党工作着重点转移到社会主义现代化建设上来的第一个年头，公社党委提出要尽量多组织一些大型的文体活动，让广大群众过上个革命化的春节。为此，我跟有关方面反复探讨商量，最后确定南音演唱、篮球、乒乓球、象棋比赛和猜灯谜、"攻炮城"等六大项活动。经过一段时间的紧张筹备，除夕之夜，在公社食堂会餐后，我召集这六大项活

湖头电影院

动的负责人来文化站研究落实。10 点半后，我骑着自行车去汤池洗了个温泉澡，回到家已 12 点多，这时才感到有点饿，就赶紧去吃一点年夜饭，坐在门口默默地望着星空，想象着明天活动会有什么样的情景。这一晚，也不敢放心睡。初一清晨早早就起来，吃了饭就赶到文化站，把自行车放下后，到各项活动地点一看：上西草埔的大操场"攻炮城"早已是堆满了人，成群结队的人群朝这边涌来；在电影院旁边的阆湖小学举行上下午各两场的篮球赛，整个篮球场已是围了个水泄不通；300 多米长的谜语走廊，就像一条五颜六色的彩带，悬挂在古老文化名镇的街道两旁，显得格外醒目，吸引了成千上万个大人小孩在这里流连忘返；还有许许多多的南音爱好者从各地赶来，有滋有味地听着南音的演唱，有的从早上 9 点一直听到晚上 10 点还迟迟不肯离去。想起当时，自己凭着一股激情，只知道如何去组织更多、更有气势、更热烈的活动，对安全问题的考虑，只是交给各个活动项目所在单位，由他们组织基干民兵维持，当时的群众也比较自觉。现在回过头一想，真是感到后怕。按现在的工作安排，安全这块是远远不够的。

春节一过，公社随即召开了一年一度的三级（公社、大队、生产队）干部会，公社办公室通知要我去帮忙写奖状，装订材料，还要下小组听讨论作记录，整理编辑简报；还有元宵过后，公社要集中一个星期的时间，对各大队基干民兵进行军事训练，要我在每天早上的 7 点钟为这些基干民兵教唱革命歌曲。面对这 200 多人的队伍，我在中小学所掌握的音乐教学，这时候就派上了用场。

人生有时真的是很幸运，来到文化站半年多，在公社党委的领导下，我紧紧围绕中心，充分利用文化站的阵地，做了一些让党委感到满意可行的工作。一天，时任公社党委组织委员的黄世琼到文化站找我，问我最近有没有重新写入党申请书和填表，我说，不是 1974 年就已经写了，经支部大会通过，送到公社党委了吗？老黄说，由于你外祖父的社会关系问题，你的入党问题被耽搁下来，现在三中全会召开了，形势变了，高考政审也放宽了，你要再重新写申请书，经同样的程序送上来。如果不是黄世琼组委告诉我，我还是在静静地等着，希望有朝一日能得以审批。如今，老黄的一番话又一次激荡了我的肺腑。为此，我赶紧再写了一份入党申请书，阐明自己学习党章的新认识，回顾回乡几年来的工作实践。我虽是在 1974 年写过申请，公社党委未审批，但我仍时时以饱满的革命热情干好各项工作，作为一个革命青年，时刻听从党的召唤。我把申请书交给大队支部后，很快得到了一致通过并送到了公社党委。

这之后不久，我要到永春大专班读书，走之前，是不是再去问一下老黄有关我的入党审批问题？在当时是不敢随便去向组织问个人事情的，但我要离开了，迫于无奈，只好硬着头皮去问一下。老黄爽朗地回答，你先去吧，党委研究批准后会送到你们学校去。等到10月1日国庆节放假回来，我再去问我入党审批的事，党委秘书告诉我，你人已去了学校，就应该去学校争取。这之后，在永春大专班我再写了申请，学校党支部也派人做了调查。由于时间太短，调查之后已经毕业快离校了。1981年8月，我分配到了县委办公室，再次写申请。直至1984年2月，我调到了县政府办公室，才在同年11月22日正式加入了中国共产党。10年的5次申请入党之路，真是充满着艰辛和幸福啊！

12月19—23日，又是一个幸运之时，县文化局安排我前往晋江县参加晋江地区群众文化工作经验交流会。会议安排参观了安海公社文化站、深沪公社东石大队、满堂红公社延陵大队等公社、大队的文化建设和活动的开展情况，还参观了新近出土的宋代帆船和泉州市区的几处文物古迹。第一次参加地区级这样的会议，真是大开眼界，内心激荡着幸福的暖流。这次会议特别让人记忆深刻的是，结束当晚8点钟，我们在晋江县干部招待所，听到了中央人民广播电台播出的中国共产党召开的十一届三中全会的会议公报，这标志着全党工作着重点开始转移到社会主义现代化建设上来，改革开放从此拉开序幕，文化工作将迎来一个崭新的春天。

地区会议召开不久，到了2月9日元宵佳节期间，全省群众文化工作经验交流会又在泉州召开，参加的代表有

240 多名，晋江地区 42 名、安溪县 5 名，很幸运，我又作为 5 个代表之一参加了省级这样大规模的会议。这次参观的有公社文化站、大队文化室，观看了文艺节目表演，还参观了开元寺、东西塔、清真寺、宋代出土古船等，内容非常丰富，更为精彩。更加激动人心的是元宵十五晚上的花灯展览，这充分展示了晋江地区人民迎接新的长征，迈入改革开放新时代的欢欣鼓舞、斗志昂扬的精神风貌，展现了泉州源远流长的历史文化。这是有史以来泉州中山街群众家家户户自发地在自家门口创作的具有独特风格、最好水准的花灯展，从钟楼开始一直到中山街的最南端，让人一路走下去，在皎洁

1978 年 12 月 18 - 23 日参加晋江地区群众文化工作会议合影

1979 年 2 月我参加全省群众文化工作经验交流
会的会议证

月光的陪伴下欣赏花灯，一步一灯，一灯一影，如梦如幻，
如醉如痴。这种极为难得的机遇在人的一生中能碰上几回？

3 月 8 日，一声春雷巨响，《福建日报》刊登了一个令
人振奋的好消息：为了加快中学师资力量的培养，省高招
办决定降分扩大招生，在有条件的县创办师范大专班分班。
1978 年 7 月参加高考，文科总分 300 分、理科总分 340 分
以上的考生均可报名，体检、政审合格后予以录取，生活费
自理，其他待遇与已录取的师范大专班学生一样，学制两
年，毕业后回各地当中学老师。我想，我的分数线已达到，
这是最后的一线希望，年纪又这么大，明年是不可能再去报
考的，何况我已从事了三年的中学教学，能够到大学里深造
一下，对今后的教学更为有利。因此，即使是自费也要去
读。但又想到，自己在几次体检中血压偏高影响到录取的问
题，这次一定要想办法加以解决。人有时对一些事情是特别

敏感的，体检时会形成一种无形的心理压力，一到测血压心情就紧张，一紧张血压就升高，升高后很难一下子降下来。为此，我按照医生的介绍，去买酸枣仁等一些安神的中药来煎汤喝，还采来山油柑枝叶、花生藤和夏枯草等来煮汤一起喝。经过几天的调理，终于在体检时血压处在正常值而顺利过关。关于政审就更为简单，只要单位写一张证明就可以了。这次扩招在安溪县开设数学、物理两个班。由于文科中文报名的只有 11 人，办不成班，就和德化 7 个人合并到永春大专班（永春有中文、数学、物理、化学 4 个班）。

5 月 1 日，我收到了晋江地区师范大专班永春分班寄来的录取通知书，要求在 5 月 12 日到永春一中二校部报到，粮油关系从 1979 年 5 月 1 日起转入学校，入学时须缴交课本和笔记簿代办费 15 元，医疗费 2 元。去年的 5 月 1 日，我还在犹豫，在湖头大桥，是李启贤老师鼓励我，再考一考争取一下。今年的 5 月 1 日却接到了录取通知书，几年来的努力终于有了一个结果，这结果历经千回百折，确实是来之不易啊！

离去学校报到还有几天的时间，我做了各项工作移交的准备。5 月 11 日上午把文化站全面清扫一下，再把书刊整理打点就绪。下午 5 点，我站在文化站大门口，再一次深情地看一看文化站的里里外外，深情地望一望我在这工作、生活 293 天，经历过那么多个人生第一次场景的湖头文化站，然后依依不舍地锁上了大门，把钥匙交给了公社办公室，慢慢地走路回家。

晚上，几个村里平素相知的朋友约我一起坐坐，他们怀着特别喜悦的心情为我庆贺。这几个朋友，一个是文艺演出时拉二胡的，一个是文艺演出时吹笛子的，一个是农械厂的工人师傅，一个是对人文地理较有研究的人士，我们几个一坐下来，无话不谈，常常聊到深夜。记得一次在元旦过后，我和吹笛子的添荣老友，两人骑着一辆自行车，从安溪湖头到泉州去探访我高中的班主任吴国锋老师。90多公里路，有时我载他，上坡时他下车从后面推，有时是他载我，上坡时我下车在后面推。我们轮流骑了6个小时，到了泉州天已黑，我们就住在笋江旅社。到旅社附近买了一斤饼干，两人一下子全部干掉，还喝了两大热水瓶的水。还记得有一年正月初四，我们几个在水钻老师傅家里聊。那个晚上天寒地冻，水钻老师傅竟脱掉外裤，穿着短裤到他房前的池塘里抓了几条鲫鱼上来煮汤给我们吃。这让我们非常感动，朋友真情是一辈子都忘不了的。

新生入学应注意事项

一、按规定报到日期（五月十二日），我校将在永春车站和五里街停靠站设立接待站，请准时持《准考证》和《入学通知书》来校报到。

二、应持《入学通知书》向有关部门办理户口和粮油关系迁移手续，粮油关系一律从一九七九年五月一日起转入我校，报到时应将户口和粮站迁移证交给学校总务组。

三、党、团员应办理组织关系转移手续（本县学生分别向所属公社党、团委办理；外县学生应由所属公社党、团委介绍，然后分别向县委、县委组织部办理），并于报到时把组织关系介绍信交给学校政工组。

四、自带《毛泽东选集》1—5卷和学习文化用品。必须在校住宿者，还应自带棉被、草席、蚊帐等卧具、碗筷、脸脚每日常生活用具。

五、入学时须缴课本和笔记本代买费 15 元，医疗费2元；寄宿在校寄居者，每人每月伙食费12元。以上各款均在结算时多还少补。

六、报到地点：永春第一中学二校部。

一九七九年四月二十八日

永春大专班入学注意事项

尾　声

坐在从湖头到县城的车上，我思绪如潮：我从1973年2月高中毕业回到家乡，至今已6年3个月。这6年3个月，在人生长河中如白驹过隙，只是短暂的一瞬。但这之中，经历的一个个坎坷，一次次际遇，一番番体验，让我的筋骨得以强壮，让我的意志得以磨炼，让我的心灵得以升华。尤其是在遇到困难和不幸时，在感到最无助、最无奈、最无望的情景下，却有那么多的贵人、好人、恩人在关注着我，帮助着我，更重要的是欣逢伟大的时代，提供了这么难得的机会和舞台，锻炼着我，让我成长。人不管身在何时何地，面对何情何景，只要有一颗昂扬奋发、不断进取、永不放弃的心，有一颗融入时代、感恩社会、感谢一切的心，一路走来，社会和人们在冥冥之中就会以一种奇特的方式与你结缘，与你同行，给予你方向，给予你希望，给予你智慧，给予你力量！是啊，人生这6年3个月的历程，点点滴滴，留在我的心底，永远、永远，挥之不去……

不知不觉中，已到达安溪县城车站了，我从一路走来的一幕幕回忆中回过神来。我赶紧下车，乘上了开往晋江地区师范大专班永春分班这绝无仅有的末班车，也搭上了我们国家改革开放第一个春天里开往未来的奔驰的头班车！